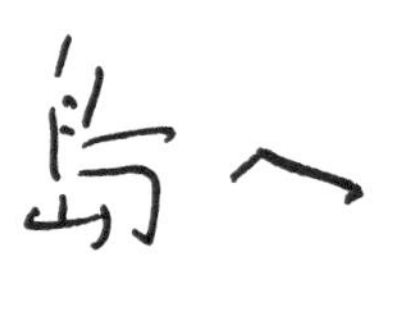

谷口江里也

未知谷
Publisher Michitani

── 目次 ──

島へ

第1話

島へ

好きなことだけをして生きてきた。たぶん自分のことを人は、そんな人間だと思っているのだろう、と思う。

自分だってそう思わなくもない。とにかく今まで、いろんなことをしてきた。ただ、必ずしも自分からそうしようと思ったというわけではない。たまたま目の前に現れたり、何かの拍子に友人から頼まれたりしたことをやっているうちに、面白くなって、しばらくそれが仕事になった。

そのうち、それとは違う何かが目の前に現れて、いつの間にやら、今度はそれに興味を持つ。ラッキーといえばラッキーなのだろう。だって嫌だと思ってやったことなど一つもない。というか、なんとなく面白そうだと感じたことだけをやってきたのだから当然そういうことになる。

目の前に現れることはたくさんあって、中には嫌いなことだってあるはずだから、もしかしたら、面白そうなこと、好きなことしか目に入らないというだけなのかもしれない。知らないうちに好きなようにやってしまっているのかもしれない。そんなこんなでいろんなことをやって、それを繰り返してここまできた。気がつけばいつの間にか三十七歳になっていた。

で、ふと、これから何をやって生きていこう、となぜか思った。考えてみたらこれまでそんなことを思ったことなど一度もなかった。見上げると、空がとんでもなく青く澄み渡っていた。春になろうとしていた。暑くも冷たくもない風が後ろの方からやってきて、そして向こうへと流れて行った。なんだか気分が爽やかだった。だから空を見上げたんだ、だから普段は考えないような妙な言葉が心に浮んだんだ、と思った。

で、これから何を？

そう自分に問いかけてみたとき、なんだか心が少しワクワクした。だってそんなことを一度も考えたことがなかったから、それは自分にとって全く新しい問いかけだった。それにこれまでは問いかけるも何も、気がついたら何かをやっている自分がいて、しばらくすると違うことをしている自分がいた。その繰り返しだった。

で、これから何を？

自分に対するその問いが、なんだか面白そうだったから、もう一度、自分に問いかけてみた。ところが今度は、その言葉にさっきほどはワクワクしていない自分がいた。だから、そんな妙な問いのまわりをウロウロするのはやめて、とりあえずどこか知らない場所に行くことにした。

どこというあてがあるわけではない。とにかく知らない場所に行く。そうしてどこかに向かってどこかに着けば、何かがきっと待っている、と思った。幸い一つのまとまった仕事を終えて、その対価をもらったばかりだったので、どこかに行く資金くらいはある。そしてふいに、そうだ船に乗って島へ！　と思った。そこでまっすぐ港に向かった。確かあそこの埠頭から島に行く船が出ていたはず。

見上げれば上には青い空がやっぱりあって、船に乗れば下にも青い海が広がっているんだと思うと、自然に早歩きになった。とにかくこれから船に乗って島に行く。そうすれば、空の青と海の青の間を島を目指して進むことになる。なんだか素敵なことに向かっているぞ、と思えた。

で、そこで何を?

頭の片隅に、妙な問いが浮かんだ。知らない場所に行くのに、そこで何をするかなんてわかるはずがないじゃないか。

そうして妙な問いを打ち消すと、なんとなく気分が晴れて、ほんの少し空に近づいたような気がした。大切なのは青い空と青い海にかこまれて生きていくことだ。海を渡ってくる風を吸いこみ、それを大きく吐き出して、もう一度、大きく息を吸い込んで、気が向いたら大きな声で歌ってみるのもきっと気持ちがいい。そうすれば自分の息が青と青の中に溶けて、自分の体が空と海の一部になる。大切なのはきっとそういうことだ。

歌だって別に大きな声で歌わなくったっていい。小さな声だろうと大きな声だろうと、息を吐くことには変わりがない。息を吸って息を吐いて、それが生きていくということだ。それが青と青の間の島で生きるということだ。そう思った途端、全てが解決した気分になった。

そう、大切なのは気持ちよさ。それさえあれば、あとはみんな些細なこと、というより、そのつどそのつど考えればそれでいいこと。

食べ物だって、島なんだから貝ぐらいは採れるだろう。果物の一つもどこかにあるに違いない。海藻だってあるだろう。潜ればウニだって取れるかもしれない。そういうことはとにかく、お腹が空いてから考えればいいことだ。なのに今そんなことを考えているというのは、多分自分の体が、いつの間にか都会に染まってしまったからだ。

食べられないコンクリートやガラスやアスファルトなんかばかり見てきて体がすっかり飢えてしまったからだ。体にいいはずがない排気ガスやなんかを吸ってきたからだ。だからこれから島に行く。青と青の間にある空気を吸って生きる。そこでたくさん息をして、毎日まいにち深呼吸をして、体を青に染めていく。そう思うとなんだか嬉しくて、歩くスピードがさらに少し速くなったような気がした。

これじゃあ島に着いたら駆け出しちゃうかもしれないぞ、とか思ったけれど、考えてみたら、もうながいあいだ走ったことがない。小学校の時の運動会の駆けっこだって、大嫌いだった。

なのに島で走っている自分のイメージが、ふと脳裏をよぎったのは不思議だ。幸先がいいぞ、また一歩、島に近づいた気がする。島に行こうと思った瞬間から、自分の中で何かが変わり始めたのだろう。考えただけでそうなんだから、いざ青と青の間で生き始めたら、たぶん、ものすごいことになる。ものすごいことになって、そして、美味しい空気を吸った体の自分になる。青と溶け合う自分になる。素敵だ。

何が？

どうして時々、変な問いかけが聞こえるんだろう。それも、おっ、いいぞ、なんだか調子に乗ってきたぞというときに、そんな気分に水を差すみたいに変な問いが聞こえる。いいじゃないかなんだって。余計なことを言わないで放っておいてくれよ、と思う。その声はたぶん、自分の体の中のどこかから出て来るんだろう。つまり、そう思っている自分がどこかにいるんだろうな、とは思う。

まあいい。船に乗りさえすれば、青と青の中を進みさえすれば、そして島に着きさえすれば、全てがそこから新しく始まる。

もう始まってたんじゃなかったの？

そうだった。ついうっかり道を誤るところだった。考えが変わった瞬間に人は生まれ変わるんだ。だって、一瞬にして元気になったりしょげたりする。その瞬間の前と後ろにつながりなんかない。

招き猫の姿が目に入ればなんとなくホッコリするし、変な顔つきの変な男に睨まれれば気分が滅入る。その次に何が目に入るかなんて誰にもわからない。だからこの先自分がどうなるかなんてわかるはずない。つまり大切なのは、出来るだけ自分の好きなことが目に入る場所に行くことだ。

だから自分は島に行く。海の青と空の青の間にある島に行く。二つの青の間で生きる。そう思って変わり始めたのに、うっかり都会の回路に陥って、自分で進路をふさいでしまうところだった。そう確かに、もう始まっていたんだった。

島が素敵なのは、島は海の上にポツンとあって、そこからどこにも行けないことだ。なのに目の前にはいつだって、どこまでも広がる海がある。見上げれば、はてしなく広がる空がある。果てしないものと果てしないものが、不思議なことに水平線でつながっている。ということは、島はどんな遠いところとも直接つながっているってことだ。素晴らしい。だからどこにも行く必要がない。だって、どんな国とだってつながっているんだから。お伽の国だって夢の世界だって世界の果てだって行き放題。世界の果てが見えるんだから。

で、お前はそこで何を？

また出てきた変な声が。でももう大丈夫。ややこのパターンに慣れてきたから、こういう時にどうすればいいかがなんとなくわかる。簡単だ、聞き流せばいいだけだ。大切なのは青と青の中で果てしなく想いを巡らすことだ。想像の中では自分は何にだってなれる。

でも、なんにもしないと退屈かもよ。

わかってないなあ、遠くや近くに想いをはせるって言ったでしょう。それって、いろんなことをたくさんするってことだよ。ついでに漁師にだって、島民の仲間にだってなれると思うよ。でもなんにもならなくたって、知らない島なんだから、誰にも何にも言われる筋合いはない。

だから、海の青の向こう空の青の向こうに想いをはせて、青と青の間で、どこにだって行ける島の上で、どこにも行かずに生きていく。

心の中を、いろんな想いが駆け巡る。駆け巡るっていったって、別にせわしなくイメージが移り変わるってことじゃない。ゆっくりと、青い空に浮かぶ雲と一緒に移ろう想いだってあるでしょう。ずうーっと、空の向こうにまで流れていって、そして海の青の中に静かに沈んでいく想いだってあるでしょう。何かの拍子に突然違うイメージが浮かんで、それと遊ぶことだってあるでしょう。

だから、そこではいろんなことが起きる。海は平らで、何にも起きていないように見えるかもしれないけれど、海の中には無数のドラマがある。カニとタコとが、硬いものと柔らかいものではどっちが優れているかという大論争をしているかもしれない。

ようするに青と青の間で生まれる想いは無限。果てしないものと果てしないものが島を中心にしてぴったりくっついているわけだから、そこにはなんだってある。

雨の日だってあるかもよ。

当たり前じゃん。空の水と海の水とが交じり合う雨の儀式があるから命が生まれてくるんだよ。そこで生きかえるってことだよ。どんな命だってときどき生きかえらなくちゃ生きていけない、ていうか、生きてるって生まれ変わり続けるってこと、変わり変わって変わり続けてこその命なんだと、なんとなく思うよ。

ま、あんまりややこしいことはわからないけどね。でも、それはきっと自分の中のイメージと同じ。浜辺の白い砂と同じ。同じように見えてもみんなそれぞれ少しづつ違う。海の青も空の青もそう。今日の青と明日の青がおんなじ青であるはずがない。だって地球は回っているもの。心だって移ろうし、空気の温度だって、光の差し具合だって、木の葉の影の動きだって、みんなみんな、たんびたんびに違うもの。同じことなんて二度と起きないもの。同じように見えても、いつでもどこか違うから、それが生きているってことなんだ、と思うよ。

でも、誰だって死ぬでしょう?

島に行くって決めてからだんだんわかってきたんだけど、それって、永遠が生まれるってことでしょう。一つの形が消えるってことは、別の形になるってことでしょう。浜辺の砂だって、砂になる前はサンゴだったかもしれないし、サメか何かの骨だったかもしれない。岩だったかもしれない。だから違う何かに変わり続けるというのは、誰のものでもない永遠の命のはじまりってことでしょう?

そうして海に溶けたら、空気に溶けて空に昇ったら、島の土と混じったら、もっともっと永遠になるってことでしょう? 海と空を見つめる島になるってことでしょう?

そうだ島に着いたら、永遠を絵に描く画家になろう。空に溶けた命や海に溶けた命や、空気と溶け合って永遠になった命を絵という形にする。そうして想いを形にできたらパーフェクトだ。無数の命が輝く空の青と海の青。そこに溶けていったいろんな命の声や姿を見つめて、なんだかみんな同じような、でもなんだかどれも少し違うような。目の前に広がる空のような、海のような、そんな絵を描く画家になろう。

そう思ったら、心がすっかり晴れ渡った

そうして私は、海の青と空の青の間で生きる画家になるべく島に向かった。見上げたら青い空が輝いて見えた。海ももうすぐ見えてくるはず。見つめられてはじめて空は空になる。海だってそうしてはじめて海になる。それを絵に描けば、絵もきっといつか、知らない誰かに見つめられて、もう一つの海や空に、もう一つの永遠になる。

第2話　シャルロット

石づくりの大きな部屋、向こうにある次の間へ続く扉が小さく見える。パリの中心街にあるとは思えないほどの大きな館の大きな部屋。多分サロン的な居間として使われているのだろうけれども、天井の高さが少なくとも七メートルはある。居室というにはあまりにも大きな、けれど決して殺風景ではない落ち着いた雰囲気が漂う部屋の隅に置かれた大きな丸いテーブルを四人で囲んでのランチ。

部屋の向こうの扉が開いて、女性のメイドが運んできたのは蒸した野菜が少し添えられたフォアグラのソテー。一口食べれば、とてもフォアグラとは思えないほどフレッシュでさっぱりした甘み。思わず言葉が出た。

美味しいね、どこのフォアグラなの?

うちのお城の庭に放し飼いにしてあるガチョウのよ。

シャルロットがそんなことをさらりと言って、素早くもう一切れを口に入れる。彼女の先祖はリヨンの城主だった。そんなわけでリヨンには彼女の家族の誰かが今でもお城を持っていて、どうやらそこから来たらしい。

今日ママと一緒にランチを食べない？　ママの彼氏も一緒だけど、いいよね。そう言われて、デコボコの小型のルノーに乗せられて連れてこられたのがこの館。シャルロットの車に乗るのはあまり好きではない。何しろ運転が、乱暴というほどではないのだけれども、急に車線を変更したりして落ち着けない。

サンジェルマンの近くの彼女の家から車に乗って、エトワールをぐるりと大きく回る道を通って、それからすぐにこの館に着いたのだが、シャルロットが前を見つめて大きくハンドルを切っているときに、ふと、彼女がメガネをしていないことに気がついた。近眼のシャルロットは、家で本を読んだり、慣れない料理をしたりするときにはメガネをかける。なのに気がつけばメガネをしていなくて、彼女にしては珍しく真面目な表情をして、目を細めて前方を睨みつけながらハンドルを回している。

メガネがなくても見えるの？

あんまり見えない。

どうしてメガネをかけないの？

あんまり見えると恐いから。


彼女らしいな、と思うしかない。運転は決して下手ではない。もういいや、と納得できる程度には安心感がある。どんな安心感？　多分、どこか現実離れしていることからくる、どんなことが起きてもおかしくはないような妙な虚ろさ、あるいは浮遊感。

すぐに目的地について、お屋敷には不釣り合いな二人が車を降りて中に入る。着古したせいか、何だかシャキッとしなくなってしまったお気に入りのワンピースを着たシャルロットが、何枚かのドアを少し乱暴に開けて居間に入り、足早にママに近づいてキスをする。擦り切れたジーンズをはいた連れに、ママの彼氏とやらを紹介する。ママの方とは何度も会っていて顔見知りなので、フランス語が話せない娘のアミーゴにママがスペイン語で挨拶をする。すると彼氏も同じようにスペイン語で挨拶をする。

ママもシャルロットもスペイン語が話せる。仲良しのママとシャルロットは夏になると少なくとも一ヶ月、長いときには二ヶ月、スペインの画家のダリの家があるカダケスの別荘に行く。何年もそうしてきたのでママもシャルロットもスペイン語は普通に話せる。

とりあえず席に着いて、そうして始まったランチだった。フォアグラをママの彼氏が美味しそうに食べる。彼氏が何やらママとフランス語で話し始め、すっかり夢中になって話しているので、何を言ってるのと聞くと、リヨンのポール・ポキューズのことを話していて、やっぱりあいつはいいね、とか言っているらしい。ポキューズが有名になる前から目をつけていたとのこと。さすが城主の末裔のママの彼氏。

しかも彼氏はどうやらフランスのペンクラブの会長らしい。さすがママの彼氏というか、やっぱりなと思ったりする。だってママの家系は、フランスでも三本の指に入るほどの名家だし、リヨンといえば昔は本の街として有名だった。そんなわけでママはフランスで一番成功した出版社のオーナーからプロポーズされて結婚したりもした。そんなこんなで、ママの彼氏がそういう人だというのは、まあ、不思議でも何でもない。

ママはまだパパと結婚しているけれども、普段はほとんど会わない。というより、ママとシャルロットは、シャルロットが生まれてからほとんどずっとパパとは離れて暮らしている。パパはシャルロットの出産に立ち会って、出産というもののあまりの凄まじさにショックを受けて、それからというもの、赤ん坊だったシャルロットの顔を見ると、その時のショックが蘇って正視出来なくなってしまったらしい。かわいそうなシャルロット。

でも今は、シャルロットはすっかり大人になって美人なので、いつの頃からか二人は普通に会えるようになって、今ではシャルロットはパパの会社の子会社の老舗の出版社を任されて、編集者兼ディレクターをしている。

スレンダーなママは気性がさっぱりしていてとても知的で、いつも地味だけれども色の淡い清潔感の漂う服を着ている。そのあたりはママはシャルロットと共通する何かがある。

そんなわけで何かと複雑だけれども、ママもシャルロットもいつもそばに恋人がいる。シャルロットにいたってはたぶん三回も結婚したし、その間にも何だか不思議な恋人がいつもいた。

最初に会った時は、ちょっと気立てのいいフーテンっぽいけどお金持ちの人と、多分結婚していて、旦那か彼氏かは聞かなかったので分からなかったけれども、連れ合いの方がシャルロットに首ったけだった。

なのにしばらくすると別れてしまって、気がついたら、背が高くて優しそうで穏やかな、いかにも貴族の人と一緒にいて、ちゃんと結婚式も挙げたらしい。

その旦那は実にいい人で、なぜか囲碁が好きで、シャルロットのアミーゴが日本人だからということで、囲碁を打ちたくて仕方がなくて、でも自分からは言い出せず、アミーゴに囲碁のルールを教え始めて、それではということで勝負をしてみたら、何と囲碁の囲の字も知らなかったアミーゴが勝ってしまった。すっかりしょげた旦那は、やっぱり日本人にはかなわないや、だって囲碁の遺伝子が体の中に組み込まれているんだもの、とか言い始める始末。遺伝子ということでいえば、旦那の名字がいかにもなので、ある時、君の家系の中で一番有名なのは誰、と聞くと、たぶんルイ十六世かなあ、というので、やっぱりなと、その時も思った。

とにかくそんな二人の結婚だったので、相当盛大なものだったに違いない。ある週末に青リンゴがいっぱいなっている庭のある郊外の別荘に三人で行った時、いいものを見せてあげると言われて、庭の片隅にある小屋に連れて行かれた。扉を開けるとそこにあったのは、小屋の大きさいっぱいの黒光りした鉄製の巨大な機械。もしかした機械に合わせて小屋を作らせたのかもしれない。

何これ?

十九世紀の印刷機、友達たちが結婚記念にプレゼントしてくれたの。

その時のシャルロットの嬉しそうな顔。ああこの娘は本当に本や本にまつわる諸々のものが好きなんだと改めて思った。考えてみればシャルロットはいつだって原稿を読んでいる。

郊外の別荘でも食事の時以外はずっと原稿を読んでいた。主に小説を出版している彼女の出版社には、ものすごい量の原稿が送られてくる。スタッフがそのなかから絞り込んだ原稿を彼女に渡す。それを読んで最終的に彼女が出版するかどうかを決める。

ずっと原稿を読んでるね。

一応ちゃんと読まなくちゃね。

でも本当に面白いのは、ちょっと読んだだけですぐわかる。

シャルロットの家は、パリの静かな高級住宅街の、ガシャンガシャンと鉄格子のような扉をあけ、その中の木のドアを開けて中に入って扉を閉めるエレベータのある古いアパルトマンの最上階。

あるとき、部屋の壁の少し上の方に、縦25センチ横20センチくらいの木の扉があるのに気づいた。確か以前は無かったと思い、あれは何？　と聞くと、開けてみたら、と彼女が言い、そばに寄って扉を開けると、なんとそれは小さな窓になっていて、その窓の向こうに夜空に浮かぶエッフェル塔が、まるで額縁に飾られているかのようにして見えた。わざわざ厚い壁を抜いて、ちゃんとエッフェル塔だけが収まるようにした小さな窓。

彼がつくってくれたの、面白いでしょ。

とても優しいお似合いの旦那だった。けれど、それからしばらくして彼は急に亡くなってしまった。かわいそうなシャルロット。

でもシャルロットは、その後すぐにまた結婚した。今度はいかにもお金のありそうな実業家のような感じの男の人だった。驚いたのは、彼女の部屋の一つの壁の一部がぶち抜かれていて、その向こうに新しい旦那のピカピカした家があった。シャルロットの隣のアパルトマンを買って改装したのだった。とんでもないことをするなと思ったけれど、ただ、この人とは長くは続かないな、とも思った。

案の定、それから何年かしてその男の人とは別れたが、その間に二人の子どもができた。子どもが欲しかったんだと思った。その男の人と別れた後も、二人の子どもはシャルロットと一緒に住んでいたからだ。もちろんシャルロットの家の、隣とつながっていた壁は塞がれて元の通りになっていた。

それからしばらくパリに行く用事がなかったけれど、あるとき、バルセロナから日本に向かう時に便の都合で、パリでのトランジットの時間が半日以上延びたことがあった。ふと思ってシャルロットに電話をかけ、タクシーで彼女の家に行った。

家には四歳くらいの可愛い男の子がいた。繊細で気の弱そうな、でもなんとなく親しみが持てる男の子だった。上の女の子は幼稚園に行っているとのことだった。しばらくいろんな話をしたが、男の子のようすが何となく気になってシャルロットの眼を見ると、シャルロットはすぐに、この子、少しおつむの育ちが人より遅いみたいなの、と言ってニッコリ笑った。

やがて、もうそろそろ行かなくちゃ、という時間になった時、シャルロットが言った。

お願いがあるの。

この子にあなたの本を日本語で読んであげてほしいの。

きっと喜ぶと思うから。

そう言ってシャルロットは書棚から、ギュスターブ・ドレがラ・フォンテーヌの寓話に挿絵を施したものを日本語に翻訳した本を取り出してきた。その子に日本語がわかるはずはないけれど、でも日本語のリズムに気をつけて少し音楽的に聞こえるように読めばもしかしたら、と思い、声を出してゆっくり短いお話を一つ読むと、その子は喜んで、もっと読んでとせがまれた。それで一つ、もう一つと読んで、いよいよ時間が来たので、二人とはそれで別れて空港に向かった。

そしてそれが、シャルロットと向かい合って時を過ごした最後になった。

シャルロットとはそれからもメールをやり取りしたり、フェイスブックで、夏にママや子どもたちと一緒にカダケスに行った時の写真などをたまに垣間見ていたけれど、ある時、なんとなく彼女が痩せているように見えたので、元気なの？　と送ったが返事がこなかった。何日かしてもう一度、本当に元気なの？　と送ったけれど、やっぱり返事がこなかった。

それからしばらくして、フェイスブックに娘が載せた、母親が亡くなったことを告げる文章を見た。慌ててインターネットで調べると、彼女が亡くなったというフランスの新聞の記事が彼女の業績とともにいくつも出ていた。見れば彼女は癌を患い、しばらく辛い闘病を続けていたとのことだった。かわいそうなシャルロット。

でも、思い出してみてもなぜか、穏やかな笑顔しか思い浮かばないシャルロット。

第3話　不思議な依頼

新しい建築空間設計の仕事を依頼された。ある名の知れた会社の社長からだったが、不思議な注文を出された。依頼者は普通、建築の規模とか予算とか目的とか敷地の面積とかそこで何をしたいかなど、具体的な条件を最初に提示してくる。ところが今度の依頼者は、そんなことは一切言わずに、いきなり、無の空間を創ってくれないだろうか、と言った。一瞬耳を疑った。無?

しかも、その建築は依頼者の会社の顔、象徴となるべき建築ということだった。伝統ある会社の象徴が、無?

建築には一般に外壁がある。その外壁に包まれて内部の空間がある。壁は建築の内と外とを分ける境界の役割を果たしている。空間というのは、どんな空間でも基本的に内と外がある。ミドリムシのような小さな生物だって、自分の体の内と外とを区別するために細胞膜を持っていて、それで体の内と外とを分けている。自分を外界とを区別している。人間だってそうだ。目には見えないけれど国の法律だって、国の中でしていいこととしてはいけないことを定めて国の内と外と区別している。

で、建築の場合、顔にあたるのが外壁によって創りだされる外観だ。それが無ということは、目に見えなくしろということか？　それとも、建築の内部を無にしろということか？　どういう意味だろう？

それは象徴的な意味でそうおっしゃっておられるのですか、それとも、仏教とか哲学的な意味、というか、つまり何かが無限にそこから生まれてくる、その母胎としての無というか、そういう無ですか？

それはあなたが考えてください。

禅問答でも投げかけられているような気分になった。何十年か建築や空間のことを考え、それを仕事にしてきたが、こんな注文は初めてだ。でも、せっかく依頼された仕事で、できませんというわけにもいかないので、とりあえず、頑張ってトライしてみます、とだけ言って、その場を離れた。それにしても、無？

ただ、考えてみたら宇宙だって百五十億年前に、無から生じたと言われている。本当かどうかは確かめようもないし、常人の理解を超えた突拍子も無い話だけど、学者さんたちはそう言っているし、それに、その方が面白いから、とりあえず、そうなんだと信じることにしている。でもそれが本当に本当だとしたら不思議だ。

で、その宇宙がどうやらとんでもないスピードで膨張し続けているらしい。それにしても、宇宙全体から見れば空気の中にふわふわ舞うチリみたいなものでしかない地球だってとんでもなく大きいのに、銀河系といったら途方もなく大きいのに、そういうのがたくさん集まっているわけだから、宇宙は果てしなく大きいというほかないのに、それでも宇宙には果てというものがあるらしい。その果てがどんどん広がっているらしい。しかも宇宙にはいくつもブラックホールがあって、そこからは光さえも逃げ出せなくて、そのブラックホールに星やなんかがどんどん吸い込まれて消え失せてもいるらしい。そんな宇宙だって無から生まれたわけだから、その不思議さに比べれば、無の建築くらいあったっていいかもしれない。

あれは小学校の六年生の時だった。

そんなとりとめのないことなどを考えながらボーッとしていると、ふと子どもの頃のことを思い出した。六年生の時に京都と奈良へ修学旅行に行った。一泊だったか二泊だったかは覚えていない。京都では京極で舞妓さんのお土産を買ったことしか覚えていない。奈良の大仏を見ても、それほど驚きはしなかった。

ところが法隆寺に行った時、なぜか、自分でも信じられないくらいに感動した。それは実に不思議な体験だった。本堂や夢殿や釈迦三尊や玉虫厨子(ずし)などを見た記憶があるが、それより何より、法隆寺が穏やかに放つ明るく健やかな気配のようなものが心に沁みた。感動というよりそれはむしろ、そこにある気配のようなものに自分の心身が溶け込んでしまったような、あるいは自分の心身にその気配が染み込んだような、そんな不思議な体験だった。小学生がどうしてそんなことを感じたのかはわからない。とにかくそこには、淡く穏やかな澄んだ光が溢れていた。

それまで建築とか空間とかを特に意識したことはなかった。子どもだった自分に、そんな言葉に馴染みがあるはずもなかったけれど、そういうこととは関係なく、その場に漂っている気配に美を、心身が感じたとしか思えない。

今にして思えば、建築空間というものの力に包み込まれてしまっていたということなのだろう。そんな余韻の中で見た、正倉院の積み重ねられた木の確かさも目に残った。

あの体験がなかったら建築家にはならなかっただろう。小学校から中学校に行き、中学校から高校に行き、将来のことなど何も考えないまま受験をしたが、なんとなく建築科しか受験しなかった。いくつもの大学を受けたがみんな不合格で、一年浪人をしてまた受験したが、その時も建築科にしか願書を出さなかった。特に建築家になろうと思っていたわけではない。建築家の仕事というのがどういうものかを知っていたわけでもない。ただ、ほかに受けたい学科が見当たらなかった。

そうして、たまたま受かった大学に行った。一年の時は一般教養とかで、二年になってから建築の授業を受けることになっていたけれど、学生運動の炎が燃え盛っていた時だったので授業はなく、二年になる時に買わされたカラス口とかコンパスなどの製図用具は、結局使われないままになった。

学生がバリケードをつくって先生たちを追い出し、しばらくすると機動隊が逆に大学を封鎖して、それが終わるとまた学生がバリケードをつくり、それからまた逆封鎖。それが何度か繰り返されて、それからしばらく経って授業が始まった。

最初に、自分のための空間を設計せよ、という課題が出た。たぶん自分の部屋を設計しろということだったのだろう。建築設計としては初歩の初歩、というか、そういうところから始めないとリアリティがないと、先生たちが考えたのだろう。そういう訓練の一つだったのかもしれない。

そう言われたら普通は、部屋の平面図かなんかを描いたりするのだろうけれど、でもその時は、いくら考えても自分には、何をしろと言われているのかが分からなかった。だって空間というのは、たとえばそれを外から見ている自分がいて、あるいはその中にいる自分がいて、そして自分の中にはいろんなイメージがある。隣に住む友達の顔や、昨日読んだ本のことや、ゆったりと、『哀しい目をしたローランドのレディ』を歌うディランの声が響いている。それがみんな集まりあって自分の空間を構成している。

その時もふと、法隆寺のことを思い出した。

あれはたぶん法隆寺の建築そのものに、その形やなんかに感動したわけじゃなかった。法隆寺と自分との間に不思議な空気が漂っていた。そこに佇む淡い光に、自分を和らげるような、自然な心地よさのようなものを感じた。

そう思い始めて、それで結局、自分の好きな詩の言葉をちりばめた大きなポスターのようなものをつくることにした。自分が今居る空間、これから居たい空間というならそれしかないと思った。それを立体的に表すとどうなるか、と考えて、自分の心に近い場所にある言葉や、自分を引きつける言葉、意味のある言葉、そうではないけれど何か響くものがある言葉、そんないろんな種類の言葉の断片を大きな真っ白な紙の上に配置した。

当然、そんなものは図面ではないと先生たちから言われた。生意気にも、図面を描けとは言われていないと反論し、何だか大騒ぎになって、先生たちからは総スカンだったが、客員教授として外部から来ていた一人の建築家の先生が、これは満点だね、とポツリと言った。その先生は教授たちから一目置かれていたので、その場はそれで収まった。

その建築家は荒地派の有名な詩人の飲み友達だということが後でわかった。そのとき何となく、建築家になるのも悪くはないかもしれないと、初めて具体的に思った。もしかしたら、建築と詩は近いところにあるのかもしれないと素直に想った。

次の課題は地元の商店街をこれからどうしたいかという課題だった。たぶん都市計画的な課題だったのだろうけれども、今度はそれを、商店街の雑音や好きな音楽のフレーズをつなぎ合わせ、自分でもいろんな音を入れて、今で言えばノイズと環境音楽を合わせたサウンドスケープのようなものにして提出した。たぶん、学校教育に対する反発というか、強制的に何かをやらされることが嫌だったのだろう。

建築空間を創ることを仕事にするようになった今にして想えば、その頃は何もわからなかったけれど、あれは自分なりに空間と向かい合おうとしたのだろうと思う。そういうアプローチは考えてみたら、教育ということでいうなら、何も知らない子どもにいきなり図面を描かせたりするよりずっといいと、今になってみれば確信を持って言える。

もしかしたら教育者に向いていたのだろうか？　という思いが一瞬脳裏をかすめたが、すぐに無理だと打ち消した。そもそも何かを先生と生徒のような関係の中で教える、教えられるということそのものに違和感があった。だから、建築空間をデザインするということはもちろん、それを学ぶという行為そのものがよくわからなかった

卒業してから小さな建築設計事務所に入った。卒業する半年ほど前から、その事務所の模型づくりを手伝うアルバイトをしていて、そのままそこに雇われた。事務所は結構流行っていて、入ってすぐ、個人住宅の設計の担当にされた。施主はテレビ局の料理番組のディレクターだった。途方に暮れた。自分より二十五歳以上も年上のそんな人の家を、何も勉強したことのない自分が設計できるわけがない。第一、法律も知らなければ構造も知らない、製図道具は仕舞い込んだままだったので図面も描けない。が、最終的には自分たちが何とかする

から、まずはお前の好きなようにやれと所長に言われた。

仕方がないので、とにかく施主の意見を聞くことにした。奥さんは主人の好きなようにしてくださいというので、ご主人のディレクターさんに、いろいろ質問をした。

建築というのは決まった大きさの敷地があって、建蔽率があって、予算だって限られている。そんなことはいくら何でも自分だって知っている。だからたぶん、できることは現実的には限られている。でもテレビ局で働いて稼いだ、たいそうな額のお金をつぎ込んで家を建てるわけだから、やりたいことだっていろいろあるに違いない。そんな一切合切を引き受けることなんてできるわけがない。建築家としてまだ駆け出してさえいない若造の自分の手に余る。


だからとにかく何をしたいのかを聞いた。すると、とんでもない量の要望リストが出来上がってしまった。仕方がないので、新しく自分の家をつくるにあたって、これは大切だと思うことの順番を決めてくださいとお願いした。話し合いながらいろいろ優先順位をつけていくと、なんだか途中から少し分かりやすくなりはじめた。

突き詰めていくと、ディレクターさんはどうも、家全体をキッチンにしたいんだということがわかってきた。料理をつくるのが好きで、その途中でつまみ食いをするのが好きで、それが最も美味しい食べ方で、だから友達を呼んでパーティをする時も、全員にそういう楽しみ方をしてもらいたい、ということだった。

で、結局そういう家になった。最後までディレクターさんが迷っていたのは、二人の娘の部屋をどうするかということで、できれば二人の娘には小さくても個室を、ということだったけれど、そうするとどうしてもキッチン・ダイニングが普通のレベルになってしまいそうだった。それに娘さんたちはもう大きくて、それぞれ会社勤めをしていた。

そこでついうっかり、お嬢さんたちは結婚はなさらないんでしょうか、と聞いてしまった。身の程知らずの出すぎた質問だった。ところがディレクターさんは、それもそうだねとあっさり言い、それで、娘さんたちが取りあえず住む部屋とかユーティリティを一階に置いて、見晴らしのいい二階をできる限り大きく、一階よりも大きくして、そこに小さな夫婦の部屋と、そしてその家の規模を考えたら不釣り合いなほどの大きな、キッチンとダイニングスペースとがつながっている空間をつくることになった。窓も大きくして、外にまでつながっているような感じにした。敷地は高台にあって、まわりの緑が綺麗だったからだ。そんなことを久しぶりに思い出した。あれからいろんな空間をつくってきた。それを仕事にしてきた。

ところで法隆寺は、何を大切にして創ったんだろう?

そう思った時、急に視界が開けたような気がした。そうだ法隆寺が大切にしたのは何よりもあの気配だ、佇まいだ、きっと。

親近感のある、それでいておおらかな気高さが漂う、何か大切なものを包み込んでいるような、というか、微笑みながら遠い未来を、人を信じて見つめているような……

あれ以来、法隆寺には行っていないけれど、でも、その時の感じは今でもはっきり覚えている。やはり法隆寺が大切にしたのは形ではない、高さでも大きさでもない。法隆寺が今でも大切にしているのは、目には見えないけれど、でもそこを訪れる人が、自分の心身との触れ合いを通して自ずと感じる確かさだ。

そして、その確かさは人によってそれぞれ違う。百人の人が訪れれば百人の人の心身に、万人の人が来れば万人の人々の心身に、目には見えない、言葉にできない、けれど言葉のない不思議な詩のような、何物にも代え難い確かさの記憶を残す。

それがきっと、法隆寺を創った人たちの意図、あるいは願い。そう思った時、施主の会社にとっての無の建築に触れたような気がした。

同時に、建築空間を創るというのは悪い仕事ではない、というより自分を無にしなければできないとんでもない仕事、あらゆることに気を配らなければ、心身の感覚に耳を澄まさなければ、肌が感じる確かさを自分という命を介して確かめなければできない仕事だと、あらためて想った。

それにしても、あの時あんな風に法隆寺に出会わなかったら、きっと私はここにいなかった。でも出会ってしまった。だから私はここにいる。この仕事を続けていけそうな気がした。

第4話
笑顔が見えた

海辺の小さな街の小さなレストランで軽い食事をした後、コーヒーを頼み、海に浮かぶヨットや通りを行き交う人々を眺めたりなどしながらぼんやりしていた。気がつけば、まわりにはもう客の姿はなかった。

あまり雨が降らないこの街の港の近くに、数件のレストランが海沿いに並んでいる。それらはそこそこの規模で、ちょっとおしゃれな感じもあるけれど、この店は海辺の通りから少し入った小さな突き当たりになっている路地にあって、間口はせいぜい五メートル程度、奥行きが七メートルほどの空間の奥の方にキッチンがつくられている。

キッチンの前には小さなカウンターがあり、そこに坐るとキッチンが見える。客席と呼べるようなスペースは入り口の、三メートルほどの空間しかない。そこには四角いテーブルと椅子が四つ置いてあるが、そこに坐る客はほとんどいない。客は皆、店の前の路地に置かれた六つのテーブルに坐る。

テーブルは真ん中に穴が空いていて、そこにはテーブルの客を陽射しから守るパラソルが突き刺されている。机の下にはパラソルを支えるコンクリートの四角い重しがあって、ちょっとやそっとの風では大丈夫なようになっている。ただ、そこは路地の建物に囲まれていて、風はあまり吹き込まない。客だってあまりこない。これまで何度か来ているけれど、このレストランが満席だったことなど一度もない。

誰もいないテーブル席で、空になったコーヒーカップから手を離して海のほうに眼を向けた時、後ろの方から声がした。

よくここに来るけど仕事はしていないのかな?

ちょっと小太りのこの店のオーナー兼、料理人兼、ウェイターのおじいさんだった。小さいレストランなので、人を雇うほどではなく、一人で十分やりくりできる。それに人を雇ったりしたら多分やっていけない。そのおじいさんがにっこり笑って続けて言った。が、一瞬耳を疑った。

代わりにお店をやってくれないかなあ。

自分に仕事がないことがどうしてわかったんだろう。ここにときどき来て長い時間坐っているからか。確かに、少し前まではこの近所の土産物屋で働いていたけれども、そこを辞めてからしばらく働いていない。それにしても、どうしてレストランをやめるのですか、それにどうして僕にあなたの代わりがつとまると思ったんですか、僕は料理なんかできませんよと言うと、おじいさんはニコニコしながらとんでもないことを言った。

今ふとそう思ったんだよ、もういいかなと。この仕事を始めて、いつの間にか三十年にもなる。なんというかちょっと飽きちゃったし、歳もとったしね。

料理のことなんか知らなくてもいいんだ。別に高級レストランでもなんでもないしね。人間はね、誰だって食べなくちゃ生きていけない。それも毎日だ。ということは、食べ物屋というのは、よっぽどまずいものを出さなければ、まあまあやっていけるものなんだよ。

だって一人者なんかは、料理を作るのがとことん好きだというなら別だけど、男でも女でも、そんなに好きでも上手でもないのに毎日食事を、自分が食べるためだけにつくって一人で食べてばかりいたら、なんだか寂しくなる。後片付けだって面倒だ。家族がいたって同じだ、たまには家以外の場所で食べたくなったりもする。

だから、食べ物屋っていうのは、背伸びをして内装に金をかけたり、儲けようと思って高いシェフや余計な従業員を雇ったり、内容に見合わない値段をつけたりしなければ、そこそこやっていけるものなんだよ。それと、無駄に材料を余らせたりしないように気をつけていればね。

それにしてもどうして僕に？

君の顔を時々見かけたし、悪い人じゃなさそうだし、それに君は美味しそうに食べる。それもちゃんとお皿の中のものを見て、ゆっくり食べる。食べたらすぐに席を立ったりしないで、少しぼんやりしたりする。それは君に見所があるってことなんだよ。食べるのが好き、料理人になれるってことなんだよ。

条件はたった二つ、一つ目の条件は、君に店を譲った後、ここで毎日、昼と夜の食事を食べさせてくれること。そうすれば私は家で料理を作らなくてもいいから気が楽だ。それだけでもう王様にでもなったような気分になれる。食べるのは店の中の誰も坐らないテーブル席か、万が一そこにお客さんが坐っていたら、カウンターで食べる。

二つ目の条件は、君が店をやって儲けたお金の二割を渡してくれればいい。儲けが出なければくれなくていい。それを私が死ぬまで続けてくれること。見ての通り私は老いぼれていて、先はそんなに長くない。私が死んだらこの店は君のものだ。ちゃんとそういう遺言状を書いて君に渡す。

私は天涯孤独だ。こんな店、誰も買わないだろうし、売れても高が知れている。どうだねこの条件で。あっさり引き受けてみてはどうかね。そうすれば私は死ぬまで食事に困らないし小銭だって多少は入る。先のことも心配しなくていい。君はきみで仕事ができる、しばらくすればこの店は君のものになる。

料理のことなら、最初のうちはなんなら、毎日ここで食べるついでに簡単な料理を、一つ一つ教えてあげよう。一ヶ月もすれば君はもう一人前だよ。


おじいさんの話を聞いているうちに、そんなに悪い話でもなさそうに思えてきた。料理だってとことんシンプルなものにすればなんとかなりそうに思える。子どもの頃、母親に頼まれて豚肉を焼いた。強い火は怖かったので小さな火にしてゆっくり焼いたら、すごく柔らかくなって、夕食に出したらみんな、美味しい美味しいと褒めてくれた。自分でも美味しいと思った。もしかしたら母親のいつものポークソテーより美味しく感じた。

その次に鶏肉を焼いた。それも焦げ目をつけてじっくり焼いたらなかなか上手くいった。

牛肉のステーキを焼いた時は、母親に言われた通り火を強くして片面をしばらく焼いて裏返してさっと焼いたら美味しくできた。みんなに褒められて、それで肉を焼く時は、ときどき手伝いをするようになった。

あの程度なら自分にもできるかもしれない。だって料理はシンプルなのが一番だ。おしゃれなレストランのおしゃれな飾り付けをした料理は僕には似合わないし、複雑なソースなんてとてもできない。

そうだ、毎日焼く肉を変えて、日替わりメニューということにして、ついでに魚も焼くことにして、魚もマグロとかエビとかヒラメとか、焼くものを毎日変えて、客が肉か魚かを選べるようにしよう。それにサラダをつければ、なんだか自分にもやっていけそうな気がする。それ以外のメニューを少なくすれば無駄もなくなる。見上げるとおじいさんがニコニコ笑ってこちらを見ていた。

引き受けてくれるね。

思わず立ち上がり、手を差し伸べて握手した。それで契約成立だった。おじいさんが僕の向かいに坐ったので僕も坐った。なんだか昔からおじいさんのことをよく知っているような気持ちになった。

あれから七年が過ぎた。おじいさんは五年前に亡くなった。何か特別な用事がなければ毎日、客がいなくなる頃にお店に来て、ワインをグラスに一杯か二杯と、客に出す半分くらいの量のその日のメニューを食べ、ほんの少し会話をして帰っていった。昼も夜も、おじいさんが帰ってしばらくしてから店を閉めた。それを繰り返してきた。

店はだんだん軌道に乗って、今では馴染みの客が随分くるようになった。日替わりメニューも半年ほど試行錯誤をしてから決めて、それからずっと同じメニューを繰り返しているから、お客さんの方も店に入った時には、ほとんど何を食べるかを決めている。

同じものを繰り返してきたおかげで、シンプルでもそれなりに美味しいものを出せるようになったと今では思える。肉か魚かのメニューは同じだけれども、季節やその日の市場の状態によって内容を変える。付け合わせのサラダの野菜やデザートに出す果物も季節によって変える。

気が向けば、金曜日の夜や日曜日の昼などに、いつものメニューとは別に、ほんの少し特別な料理を用意したりもする。いつの間にかそんな遊びもできるようになった。みんなおじいさんが言った通りに、そしてそれに自分の好みと工夫を加えて毎日お店をやってきた。

亡くなる前、三日程おじいさんがお店に来なかった。どうしたんだろうと思い、今日も来なかったら様子を見にいってみようと思っていたら、三日目の夜に、おじいさんが何事もなかったようにご飯を食べにきた。すこし痩せていたけど、まあまあ元気そうだった。

その日は混んでいたのでおじいさんはカウンターに坐り、時々カウンターの中にいる自分の方を向いて微笑んで、子羊のリブステーキを一本、美味しそうに食べた。ワインもその日はゆっくり二杯飲んだ。

私は私で、いつものように客の注文を取り、特別な注文がなければさっぱりしてフレッシュな、キリッと冷えたロゼのハウスワインをだし、料理をつくり、ほんの少しお客さんの相手をする。そうして客がいなくなった。

気づくと、おじいさんがカウンターで眠っていた。少し疲れていたので、そばにあった椅子をとっておじいさんの斜め後ろに坐った。しばらくそうしてぼんやりしていた。おじいさんは左の頬をカウンターに付けて、穏やかな、幸せそうな表情で静かに眠っていた。そのままそうして時間が過ぎた。ふと、静かすぎる、あまりにも静かすぎると思った。確かめるとおじいさんは、カウンターで眠るようにして亡くなっていた。

それから五年が経った。おじいさんの来ない店は、風や季節が通り過ぎるのを忘れてしまった路地のようだった。ついカウンターに目がいった。その度に胸にチクリとかすかな痛みが走った。でもお店はやめなかった。だってこの店はおじいさんから譲り受けた店だから。せめて自分がもっと歳をとって、あの日の自分のような若者が現れるまではと、そんなことを思いながら店を続けた。

そうしていつものように店を開け、パラソルを立て、客を入れてキッチンで料理を作っていた時、カウンター越しに、外のテーブルに坐った五歳くらいの女の子を連れた若い母親の姿が見えた。女の子はさっき自分が焼いた鶏のもも肉を両手で持って食べていた。女の子はなにやら声をあげながら嬉しそうに、自分が焼いた鶏肉を食べていた。

笑顔が可愛かった。本当に可愛かった。あたり一面に光を振りまいてくれているような笑顔だった。だから、その子が食べ終わったと見るとすぐ、前の日に近所のお百姓さんからもらった良く熟れた無花果を甘く煮ておいたコンポートにアイスクリームを添えて、その子のところに行った。

私とレストランからのプレゼントです。若い母親にそう言って、手作りのデザートをその子の前に置くと、その子が目を丸くして私を見上げた。ママがにっこり微笑んで、そして女の子の笑顔がはじけた。

レストランをやっていてよかった、心の底から、そう思った。

第5話　無数の子ども

地中海に面した海と山の間の小さな港町に移り住んでから、もう三年。ここでは時間は、まるで止まっているかのようにゆっくりと流れる。陽が昇り日が暮れ、毎日それが繰り返されて、あっという間に月日が過ぎる。

窓が明るくなり始めて眠りから覚める。それからしばらくベッドの中で、うつらうつらしながら、窓の外の木の葉が揺らぐのを見たりなどして、それからもう少し、外がすっかり明るくなるまでベッドの中にいる。外の木に鳥がやってくることもある。

起きると、港から坂を少し上がったところにある海の見える家を出て、港の前の小さなバルでミルク入りのコーヒー、カフェコンレーチェと小さなチョコレートクロワッサンを一つ食べる。バルにはいつも二、三人か、四、五人の海の男たちがいる。

彼らはバルの奥の方にいて、自分はいつもバルの前のステンレスの丸いテーブルに坐る。海の方を向いてコーヒーを飲みながら、バルに置いてある新聞を眺める。載っているいくつかの写真と大小の横文字の記事。何もかもが遠い世界の出来事のように思える。世界中でいろんなことが起きているのはわかるが、それらはみんな、しわくちゃの薄っぺらな新聞の向こうの出来事。

ここは全てにおいて、自分がそれまで住んでいた極東の大都市の対極にある。電車や量販店は無い。大きな店もファミリーレストランもデパートもない。でも光はあり余るほどある。時間も無限にある、ような気がする。何しろ地中海では晴れの日が多い。

もちろん雨の日もあるが、すぐに晴れる。昨日と今日とがそれほど違わないように感じる。だから今日と明日の違いも、それほどないと思える。そうして日々がいつの間にか過ぎていく。明日も自分はここでカフェコンレーチェを飲み、チョコレートクロワッサンを食べるだろう。

そんなふうに日々が過ぎていくのは心地よい。確かさを伴った夢の中に居るようだ。バルの男たちも、みんな見知った顔ばかり。彼らは私をハポンと呼ぶ。日本という意味だが、それほど遠くはない街に、どうやらハポンという名前の人が昔から結構いるらしい。

彼らは私をよそ者扱いしない。かといって、くどくど話しかけたりもしない。けれど親近感を持っているのがわかる。だってここにもう三年も住んでいるので、私という存在が街の一部になっている。バルに着けばみんなが、乾いた声でおはようと声をかけてくる。それからまた彼ら同士の話に戻る。道で誰かとすれ違えば互いに挨拶をする。バルには十一時ごろまでいて、日差しが強くなる前に家に戻る。

家に帰ると、本を読んだり音楽を聴いたり、ただぼんやりと風にゆれるテラスの花を見たりして過ごす。本は日本語の本が十冊ある。そのうちの二冊は辞書だ。スペイン語の本は二十冊ある。八冊は詩の本で、二冊が講演録、あとの十冊は画集だ。

音楽はCDが二十枚ある。本もCDも、それ以上は持たないことに決めた。キリがないからだ。本はたまにしか読まない。音楽もたまに気が向いた時に聴く。でも本というのは、人間がつくったあらゆるものの中で最も素晴らしいものだと思う。

なにしろ本には形があって、紙に印刷をして綴じただけなのに、それでちゃんと完成されている。しかもそこには世界が閉じ込められている。本を開けばたちまちその世界が現れる。本棚に置いてある本の背表紙を見るだけで、その世界と会話を交わしたような気持ちになる。

画集や辞書にはいつだって驚かされる。なんとなく眺めているだけで、いろんな発見がある。本や絵や音楽を人間が創り出したのは奇跡だ。そのことだけで、人は人として、蝶々や鳥や花と肩を並べて生きていっていいような気がする。それらがなかったらきっと、人は人になれなかった。それらはみんな、触れ合うとすぐに、ほんのちょっとしたきっかけを与えてくれて、束の間ではあるが、とりとめのない世界に自分を飛び立たせてくれる。

昼食は家でとる。買い置きしてある何種類かの腸詰やチーズやオリーブの実と、薄く切って炙ったパンを、ラジオを聴きながら食べる。デザートにオレンジや梨などの果物を食べる。食べた後はソファーにもたれかかってぼんやりする、その時、たいがい少しウトウトする。

ウトウトが五分のこともあれば二十分のこともある。それからテラスの花に水をやったりギターを爪弾いたりする。本を読むこともある。ギターも素晴らしい発明だ。上手く弾けるわけではないけれど、それでも基本的なコードくらいはわかるし、何より弦に触るだけで美しい音が出る。

夜は、暗くなり始めた頃に家を出て、行きつけの食堂に行って夕食をとる。行きつけの食堂は三軒あって、その日の気分によって行き先を変える。一軒は家より少し高い場所にあって、炭焼きの肉が美味しい。一軒は街中にあって太ったおばさんのマリアのつくる煮込み料理が美味しい。

もう一軒は海辺にあって、その日に獲れた魚を焼いてくれる。酢漬けのイワシやムール貝のワイン蒸しや、ナイフという意味の細長い貝のナバハを出してくれることもある。夕食の時にはワインを飲む。どの食堂もワインは樽に入っていて、そこからグラスにたっぷり注いでくれる。味は三軒とも少し違うが、どれも新鮮な香りがする。ちょっと酔っ払って、夜道を星空を見ながら歩いて帰る。

そんな暮らしを毎日続けて、いつの間にか三年たった。日本で働いていて定年だということで会社を辞めさせられた。自分はそうは思っていなかったけれど、年寄りだからもう来るなと、急に言われた気がした。それからしばらくして妻が死んだ。

ある日、交通課からハガキが来た。高齢者ですので、免許の更新をするにあたっては認知症の検査と講習を受けてくださいと書かれていた。強制的にそうしろというのに、金まで取ると書いてあった。お前は老人だ、お前は老人だと、何かにつけて社会から言われていると感じた。

テレビは老人問題や介護や病気の番組ばかりを繰り返し、政治家たちも欲深で醜悪な顔をした連中ばかり。だから、家を売り、そんな日本の対極にあると思える、好きな詩人の故郷に近いこの街に移り住んだ。思い切ってそうしてよかったとつくづく思う。ここでは歳のことなど誰も気にしない。

そうしてみてわかったことだが、ここに来てから心の中の雑音がみるみる減った。大都会には、普段はあまり意識しないけれど、いつでも低く唸るような都会特有の騒音が鳴り続けている。それに加えて、スーパーやレストランをはじめどこに行っても、音楽とは呼べない騒音が鳴り続けている。テレビも聞くに耐えないニュースやどうでもいいことをダラダラと流し続けて心の中がノイズで埋まった。ここにはそれがない。

いつものように朝食の後、バルを出て家に向かった。途中にオレンジの木の生えた小さな広場があり、その真ん中の噴水で二、三歳くらいのおとこの子が遊んでいた。手を伸ばして噴水の水を手でつかもうとする。水が弾けておとこの子がキャッキャッと嬉しそうな声を上げる。

若くて綺麗な母親が笑顔で見つめる。光が踊る。水が踊る。透き通った水に濡れたおとこの子の手が伸びる。嬉しそうな笑い声が広場に響く。光が眩しい。笑顔が眩しい。若い母親の姿が揺れる。そこにあるのは束の間の天国。この一瞬がきっと、この子の心をつくる。

子どもは、いつから子どもではなくなるのだろう?

ふと、そんな問いが浮かんだ。今、世界はこの子と共にある。世界の全てがこの一瞬のなかにある。この子が見ているのは、上に向かって伸びる透き通った水の柱。弧を描き、水玉となって落ちてきて手のひらで弾け飛ぶ、命そのもののような水。

そしてこの子は、眼に映る全てを丸ごと信じて受けとめている。溢れる光、後ろで見守る母親、足の下の大地。玉になって弾ける水、手で掴めそうな水の柱、晴れ渡る空の青さ。全てはこの子のために存在している。この子はそのことを、全身で知っている。

ここにきてから、なんでもない問いを自分に発して、それについて考えるのが趣味のようになった。どうして花というものがあるのだろうか、空を飛ぶ鳥と水の中を泳ぐ魚とではどちらが気持ちがいいのだろうか、雲はどうして空に浮かんでいられるのだろうか、など。

そういうことをとりとめもなく考えるのは楽しい、というか心地よい。最高の暇つぶしかもしれない。で、子どもはいつから、という問いがどこからともなく湧いてきて、それについて考え始めた。生まれたばかりの赤ん坊は、自分では何もできない。泣いたり笑ったり眠ったり誰かの指を握ったりするけれど、でもその時は、まだたぶん子どもではなくて、赤ん坊という存在なんだろう、と思う。

目が見えるようになり、音を発することができるようになって、おっぱい以外のものを口にするようになる。自分の足で動き回り始めて、言葉を覚え、そうしていつの間にか赤ん坊が子どもになっていく。だとして、いつまで子どもでいられるのか、それが問題だ、難しい。三歳とか五歳とか十歳とか、年齢で区切れるものでないことは確かだ。七歳になる年の春に小学校に行って、それから六年経ったら中学校に行って、というのはそれは社会の都合に過ぎない。では何を境に子どもは子どもでなくなるのか。

この子を見ていると、子どもというのはなんだか、まわりを丸ごと信じているように見える。母親の存在も、その呼び声も、光と共にキラキラと舞い降りてくる水玉のことも何もかも、この子にとっては疑いようがなく確かな存在、というより、疑いや存在という言葉とは無縁の世界。

もしかしたら子どもは、自分が子どもだと思った瞬間から、子どもでなくなり始めるのかもしれない、とふと思った。自分とは違う、大人としか言いようのないよくわからない他者という存在。そこから見える自分という子ども。そしてもしかしたら、自分が見ているこの世界とは違う世界があるのだと感じた瞬間。そこから次第に子どもは、大人という奇妙な存在になっていく、のかもしれない。

何もかも知っているふりをしなくてはならないような、何もかも背負っていると思い込まなければ生きていけないほど不自由な、昨日と明日の狭間で無数のそうではなかった過去と、手に入るはずもない無数の未来のことを、見て見ないふりをしながら、時間を噛み潰して生きるような。

それらはみんな子どもとは無縁の何かだ。だとしたら……私がマリアのレストランでシチューを食べながら、その美味しさにうっとりするとき、その美味しいシチューのなかに私の心身が溶けてしまうとき、そのとき私は、一瞬、子どもになっている、ということなのではないか。

海の向こうの白い光に、澄み渡る空の青さに、窓の向こうで木の葉を揺らす風に心を奪われるとき、その一瞬、もしかしたら私は、子どもになっていると、そう言ってもいいのではないか。だってそのとき、世界が一瞬の内に溶けているから、あるいは消えているから……

だとしたら、無限の可能性がある、と思った。だってここはそんな一瞬に溢れている。眼に映る自然。眩しく光を返す白い壁。使い古した机の木肌。意味につながらない海の男たちの言葉。夕立に濡れた石畳の石の輝き、ここには子どもの感動につながる全てがある。それらと素直に自然に向かい合える。というより、そうすることで私はもっと子どもになれる。名前さえ持たない子どもに、無数の子どもになれる。

私はこれから、子どもの頃よりも、もっと子どもらしい子どもになる。

第6話　一つひとつの音

ステージに上った時、やや暗めの照明が施されたステージの光で、客席に坐る人々の姿がぼんやりと浮かび上がって見えた。椅子が人で埋め尽くされている。その向こうの、さらに暗い場所にも人々がびっしりと坐って、演奏が始まるのを待っている。

ステージに設けられたマイクスタンドの前の椅子に坐る。少し照明が明るくなり、さらにスポットライトがこちらに向けられた。ホールの奥の方の人たちの姿が見えなくなる。ギターを膝の上に乗せて、ゆっくりと客席の方に目を向け、ホールを見渡す。空気が静かに、けれどなんとなく柔らかくホールに満ちていくのがわかる。

ゆっくりと息を吸い、歌い始めた。ギターの音と自分の声が一体となってホールの奥にまで広がっていくのがわかる。不思議なことにその音が、一人ひとりに届いているのがわかる。音がみんなに受け止められ、そしてそのまま、一人ひとりの体のなかに吸い込まれていくのがなぜかわかる。透明な音が透明な人々の影の中に溶け込んでいく。

自分の声、聴き慣れたはずの声なのに、初めて耳にした声のように、けれどなんの違和感もなくそこにあるように聴こえる。こぼれ落ちるギターの音、それと共に発せられる声、その音の一つひとつに触れている気がする。自分と、客席の一人ひとりとを、あるいはそれらのすべてが溶け合った時空間のようなものと自分の存在とを音が繋いでいる、と感じた。

あんなステージは初めてだった。

あれから十七年、歌を歌い続けてきた。あの体験があったから続けてこられたのかもしれない。ギターを弾きながら自分で歌をつくり、それを一人で、あるいは何人かの仲間たちと一緒に人前で演奏して、それで生きていくというのは簡単なことではない。

特に自分のように、それを仕事だとは思えない者が、とにもかくにも歌で食べてこられたというのは、はっきり言って奇跡的なことだったと思う。仕事だと思えないというのは、突き詰めれば歌が売り買いする商品だとは思えないということだ。

あのステージの四年ほど前に、急に歌をつくりはじめた。子どもの頃からずっとビートルズやストーンズやディランを聞いてきて、何よりもロックが好きで、学校などそっちのけで音楽ばかり聴いてきた。つまり、彼らから歌を受け取り続けてきた。あまりにも素晴らしい歌がたくさんあったから、自分で歌をつくるということなど考えたこともなかった。ただ、ロックと出会う前の子どもの頃から本が好きだったし、詩のようなものも書いていた。ロックを聴くようになってからも、本はよく読んでいたし、詩も時々は書いていた。

ところが、歌をつくるようになる半年ほど前、親しくしていた友人が死んだ。友人は本が大好きで、いつも本を読んでいた。なのに死んでしまった。本は結局、友人が生きていく役に立たなかったのだと思った。本は食べられないからかもしれない。そう思ったら急に、本棚に並ぶたくさんの本が無意味に思えてきた。そして本をみんな手放したくなった。

だから同級生たちが遊びに来るたびに、もし好きな本があったら持っていっていいよ、と言い、何人かの友達が本を持って帰った。中にはごっそり持っていく奴もいた。そんなことが何度か続いた時、そのサービスを中止することにした。スカスカになった本棚のなかで、好きだった本の背表紙が、なんだか悲しそうに見えたからだ。

そうして本を手放すのをやめた後も、本を読んだりはしなかった。なんだか言葉が遠くに行ってしまったような気がした。詩を書く気にもなれなかった。そんな時、なぜかふと歌をつくろうと思った。歌なら友人に食べてもらえそうな気がした。

それですぐにアコースティックギターを買いに行った。ギターの弾き方は知らなかったが、知っている仲間に教えてもらって、まずはコードを覚えた。一番簡単なのはAmとEm

で、ほかのコードに比べれば、それは簡単ですぐに弦を押さえられるようになった。それで音を出していたら、その二つのコードだけで歌ができた。

それから憑かれたように歌をつくりはじめた。朝から晩までギターを弾き、朝から晩まで歌をつくった。すっかり疎遠になってしまった言葉が、ギターの音と合わさることで、手元に戻ってきたような気持ちになった。弱々しくなってどこにも届かなくなってしまった言葉が、少し息を吹き返して、音と一緒にどこかに、どこかにいるはずの友人のところにも、飛んでいけそうな気がした。

あれはなんだったんだろう?

それから人前で歌うようになった。はじめは知り合いたちに向かって、それから友人のロック喫茶で、あるいは公園で一人で、どこか遠いところに向かって……

そうしてこれまで歌ってきた。けれど、歌い続けてこられたのは、ラッキーな偶然が二つ重なったからだ。歌が二十曲くらいできて、友人たちに言われるままにいろんなところで歌うようにもなった頃、アパートの部屋でそれをカセットテープに録音した。それを、とても素敵な歌詞を書く作詞家がディレクターをしていたラジオ番組に送った。

作詞家はそれからしばらくして次々に大ヒットをつくって有名になったが、その頃はまだあまり知られてはいなかった。で、その人に聞いてもらいたかったからテープを送った。すぐに返事の手紙が来た。自分のアパートには電話がなかったから手紙をくれたのだろう。手紙にはラジオ局に来るようにと書かれていて、日時が指定されていた。

とりあえず言われた日に東京の放送局に出かけた。その時、帰りに神保町の古本屋に売りに行こうと思って、まだ家に残っていた本の中から十五冊ほどの本を選んでリュックに詰めて行った。何しろお金がなかった。

放送局で作詞家は、「僕、君の歌、好きだよ」と言い、そしていきなり「君はできるだけ早く世の中に出なくちゃいけない」と言った。その時は、言われたことの意味がわからなかった。それから「君は今日も明日も明後日も同じ歌を歌える人じゃないみたいだから」とも言った。そのことの意味はよくわかった。図星だと思った。

それから放送局のスタジオで録音するための日にちを決められた。そのあと、どんな話をしたかは覚えていない。ただ、「それは何？」とリュックのことを聞かれた。これから本を売りにいくのだというと、作詞家は「ちょっと見せて」と言い、本を取り出すと、一冊一冊それを手にして、それから、「これみんな僕に売って」と言ってくれた。

録音した歌が放送されてしばらく経った時、若い映画監督から手紙が来た。「あなたの歌を映画で使わせてほしい」ということだった。もちろん断る理由などない。ラジオで流れるっていうのは違うことなんだ、と漠然と思った。聴く人の人数がまるっきし違うんだ。
それからポツリポツリと、知らない人からステージの依頼が来るようになった。だから、これまで何とか歌ってこられたのは、間違いなく、その二つの偶然があったからだ。それがなければとっくに歌をやめていただろう、というか、もしかしたら歌はつくったとしても、そしてそれを歌うことがあったとしても、それで食べていくようなことにはならなかっただろう。作詞の仕事をもらえるようにもならなかっただろう。

どうしてあんなことを自分に言ったのだろう。

自分にはどうしようもなく鈍いところがあるんだと思う。あの言葉の意味が何となくわかるようになったのは最近のことだ。お客さんが二、三十人の小さなライブハウスで歌った時、ふと気づくと、前の方に坐っていた女性のお客さんが、薄暗がりの中で、自分の歌声に合わせて一緒に歌っていた。その歌は自分が歌い始めた頃につくった古い歌だった。なのに、声は聞こえなかったけれど、明らかにその人は一緒に歌っていた。
そういうことはそれまでもあったとは思うけれど、でもその姿が、その時は、妙に心に触れた。自分の歌が、あの人の歌になっている。小さな喜びが体中に満ちていくのがわかった。自分の歌があの人の体の一部になっている。

それは静かだけれど、でも不思議な感動だった。あの人はもしかしたら、家の中で、道を歩きながら心の中で、あるいは時には少し声を出して、あの人の人生の中でこの歌を、あの人の歌として、時々は歌ってくれていたんだ。この歌はあの人の心の中のどこかで生き続けてきてくれたんだ。そういう人がいたから、だから、自分はこれまで生きてこれたんだ。今夜は、この人のために歌いたいと思った。そして歌った。

世の中に出るというのは、そういうことだったんだ。

それから私は、同じ歌を何度でも毎晩でも歌えるようになった。そうしてみれば、歌は毎日違う歌になって聞こえた。当たり前だ、歌は生きているんだから。歌は、それを自分の体の一部にしてくれた人のものなんだから。そしてそれは、その人たちのなかで、たとえどんなに小さくても、それぞれ違う命の形をしているんだから。

いろんなことを想いながら、いろんな命の形を想像しながら歌を歌うのは楽しい、そしていつも新しい。今という時には、同じ時空間には二度と出会えないから。

横でタイムキーパーが腰を折って、右手をステージの方に向けた。目配せをして、歌を歌いにステージに向かう。もしかしたらそこには、新たな自分が、新たな誰かが、歌と歌との新たな触れ合いが待っているかもしれない。あの時のように、すべてが溶け合ってひとかたまりとなった時空間が、私と歌を、待っていてくれるかもしれないから。

第7話　もうひとつの人生

フッと自分を、というか、自分が何をしていたかを一瞬、見失った。その途端、監督の怒鳴り声が聞こえた。「何やってんだ、バカヤロー」

すみませんと言って演技に戻った。倉庫の中の稽古場で読み合わせの稽古をしていた時、頭の中を昨日の友人の言葉がよぎった。いつまで食えない芝居をやってるんだよ。その瞬間にどこかに迷い込んだ。そういうことに対して監督は、考えられないほど敏感だ。

監督の舞台に感動して劇団に入った。団員は十人ほどいるが、入れ替わりがかなり激しい。監督が厳しいからだ。もともと演劇には興味があった。小学校のときに学校の講堂での全校生徒と父兄を前にしてのお芝居で、なぜか主役をして、やたらと受けた経験が、自分の数少ない嬉しさの記憶となって体に残っていたからだ。

高校を卒業してアルバイトをしていた時、監督の劇団の演劇を見た。それは追い詰められた一人の青年が犯罪を犯してしまう物語だったが、その主人公のことが、自分のことのように思えた。自分も一歩違えば、あのようになってしまうかもしれないとも思い、急に怖くなった。この劇団に入って、あの監督の教えを受けることが自分には必要だと感じた。

それで劇が終わってから楽屋に行き、感動したことを監督に伝え、自分の気持ちを話して入団させてくださいと頼み込んだ。監督は「じゃあやってみれば」とだけ言った。

それから四年が過ぎた。石の上にも三年という言葉があるのだから、せめて三年はと思っているうちに四年が過ぎた。一年にほぼ二回の公演をやるので、これまで七つの舞台に出た。

監督の台本は面白い。けれど、よくわからないところがたくさんある。監督はいちいち説明してくれたりはしない。「自分の頭で考えろ」、それが監督の口癖だ。『孤島』という演目をやった時には、台本の一ページ目に、「舞台の上手に一本の木がある」と書いてあった。「一匹の大きな鯉が天空をゆっくりと泳ぎ渡っていった」と書いてあった台本もあった。これは鯉のぼりのことですかと聞くと、すかさずいつもの「バカヤロー」が返ってきた。

稽古の最初の顔合わせをやる前に、台本をしっかり読んでおかないと、現場に行ってから「帰れ、覚えるまで来るな」と怒られるので、台本はあらかじめ頭に入れておく。自分の台詞だけではなくて、セリフは他の人の分も全部覚えなくてはいけない。誰がどの役をやるかは、稽古が始まってから監督が決める。

『孤島』の稽古が始まった時、いきなり監督から「お前はそこに立っていろ」と上手の奥を指差された。ここにですか、ずっとですか？　と思わず聞くと「バカヤロー、当たり前だ、お前は木なんだから」と言われた。「木がずっと立っていなくてどうする」とも言われた。

そう言われて初めて、自分が木の役をやることになったんだと分かった。でも、台本を思い出してみると、木は上手に立っているだけで、セリフは確か一つもなかった。仕方がないので舞台の隅に立ったまま劇の進行を眺めていた。木になれと言われたのだからそうしなくてはと、フラフラしないよう、一所懸命じっとまっすぐ立っていた。どんなことでも真面目にやらないと監督に叱られるからだ。

稽古が始まってしばらくした頃、監督の怒鳴り声が聞こえた。監督が自分の方を向いて怒っていた。

「そこの木、何やってんだよバカヤロー。こわばって突っ立ってんじゃねえよ。木だって風が吹けば葉っぱが揺れるだろうが、木の枝だってしなるだろうが、岩じゃないんだぞ、お前は木なんだぞ」

そう言われてもどうしていいかわからなかったので、今度はなんとなく自然な感じで立って、ときどきほんの少し体をゆらゆらさせたり、上半身をゆっくりとしならせてみたりした。

稽古が続き、バカヤローがときどき短剣のように放たれ、大きな声や小さな声で仲間たちがいろんなことを言われ、ぼんやりとその様子を見ながらゆらゆらしていると、いきなり監督が舞台の上に上がってきた。そのまま突進してきて自分の前に来ると、ものすごい形相で怒鳴った。

「お前は木をバカにしているのか、木だって俺たちとおんなじように生きてるんだぞ、目だって耳だってあるんだぞ、なんだって見てるんだぞ。なんだって聞いてるんだぞ。俺たち動物みたいに動けないけど、鳥みたいに空を飛べないけど、だけどその分、いろんなことを感じながら生きてるんだぞ。ちょっとは考えろバカヤロー」

その時は、確かにそうだと素直に思った。そうは思えないこともよくある。監督の言ってることが全然わからないことだってしょっちゅうある。でもその時は、なんだか監督の言葉がストンと自分の心の中に落ちた。確かに、舞台で何が起きているかをちゃんと見ていなかった。

今度の演目で初めて主役をやることになった。木だって役者の一人なんだから、監督の芝居には基本的に主役も脇役もないけれど、でも、お客さんから見たら、舞台の中央に長い時間いて、セリフも多くて物語の中心にいる人物は主役に見える。

フライヤーやポスターの名前だって、先頭の方に載っている。最近では劇団だけではなくて、端役だけどテレビ局や映画からたまに声をかけられるようになった。少しは役者らしくなってきたのかなと思ったりもする。そういう時はギャラももらえる。

劇団ではギャラなんかもらえない。監督も役者も自腹で、ご飯はバイトをして食べている。でもそれが辛いと思ったことはない。劇団の仲間とは仲良くしてるし、年下の女の子だっている。たまに飲みにいった時などに、みんなで不満や希望を言い合ったりするのも楽しい。

でも自分の場合は何と言っても、稽古や公演の間ずっと監督と一緒に居られるからだ。監督は怖い、けど優しい。何より人間として尊敬できる、だって監督の言動には嘘がない。しかもどこかに人間と芝居に対する愛のようなものがある。それって大事だと思う。だってそういう確かさのようなものがなかったら、こんな世の中で何を頼りに生きていけばいいかわからない。


今度の芝居は、台本を読むと、動きはそれほど多くないし場面転換もあまりないけど、セリフがやたらと多い。しかも舞台の上での相手役、自分が話す相手がどんどん変わる。この劇団らしい芝居だし、大役だと思う。だから嬉しい。でも難しい。

稽古を始めてみると、やっぱり難しかった。セリフはもちろん相手の分も含めて全部覚えたけど、でも難しい。何しろ対話の相手がしょっちゅう変わる。それにどう対応すればいいかがわからない。案の定、監督からしょっちゅうバカヤローが飛んでくる。

ますますどうしていいかわからなくなる。それで一所懸命考えて、工夫をして、一人の相手役と呼吸を合わせてなんとかうまくやれたかなと思いながら、次の相手が目の前に現れると、たちまち体が混乱する。うまくやれたと思った相手とは違う人だからだ。顔や体つきが違うし話すスピードだって違う。なんとか素早くその変化に対応しようとする。途端にバカヤローが飛んでくる。

「お前さあ、何年俺んとこで芝居をやってるんだよ。まだわかんねえのか。俺はおんなじことしか言ってねえじゃねえかよ。ちょっと外で頭を冷やしてこい」

仕方がないので、稽古場の近くの川原に行った。日が暮れかかっていた。風が少し冷たかった。草の葉が風に揺れていた。俺はバカなんだろうか。賢い人間とバカな人間とかいうのは、生まれついたもので、一生変わらないんだろうか。だったら厳しいなあ。三日でわかる人と五年経ってもわからない人とでは、どう考えたって勝負にならない。友達が言うように、ここらあたりがもう潮時なんだろうか。

河原は石で埋め尽くされていた。水辺の石が濡れていた。白い小さな石が目に入った。その石に手を伸ばして拾った。ふと、子供の頃に遊んだ水切りを思い出して、小石を川に向かって投げた。小石は三回、水面を切って渡って川に沈んだ。
もう一度と思って、川原に目をやり、丸く平べったい石を探した。今度は前より力を入れて石を投げた。石は今度は二回水面を走って川に沈んだ。もう一度と思ったが、止めた。夕陽が沈んでいくのが見えたからだ。しばらく陽が落ちていくのを見ていた。そして、稽古場に帰ろうと思った。そう思って後ろを向いた時、河原の石が目に映った。

川原にはこんなにもたくさんの石がある。

石は石でもみんな違う石、となぜか思った。自分が拾った石と、拾わなかった無数の石。最初の石は拾われて、それで自分は水切りをした。二番目の石は水切りをするために拾った。川原には無数の石がある。目に留まった石と、目に留めた石。
こんなにたくさんの石があるのだから、ここでずっと水切りを練習すれば、きっと五段切り、七段切りだってできるようになるかもしれない、とふと思い、そしてすぐに馬鹿げていると思った。自分は何も、水切りが上手くなりたいわけじゃない。その時、遠い国の詩人の詩の一節が浮かんだ。

誰も見つめていないのなら、海はもう海ではない。

きっとそうだ、となぜか思った。海はいつだってあるだろうけれど、けど、海は自分に見つめられた時、誰のものでもない自分だけの海になる。そして自分が見た海の記憶が、自分の中のどこかにのこる。そして不意に素敵な詩の一節と溶けあって蘇る。

あの石は、自分に見られて拾われて
自分にとって唯一無二の石になって水面を渡った。

川底に沈んでいくその石が一匹の魚の目に映ったかもしれない。でもそれはもうその石の、もう一つの物語。それでいいんだとなぜか思えた。だから、自分の目に映った相手役を自分の目で見ればいい、感じたことをすればいい、台詞だってもう体の中に入っているんだから相手の声を聞けばいい。それに反応すればそれでいい。昨日と違った声を聞いたら、その声に応えればいい。そのことで台詞とは違った言葉が出てきたとしても、それはそれできっといい。一瞬として同じ時はないんだから。自分も自分のままで揺れ動いているんだから。

海は見られるために光っているんだから。監督の劇は、誰かに見られるために在るんだから。僕もその舞台を生きるためにいるんだから。

そんなことを思いながら稽古場に戻った。当たり前のように舞台に上がり、監督に言われた場面から稽古が続けられた。いつの間にか、体をめぐる血液が澄んだような気がした。不純物や老廃物がどこかに消えたんだと感じた。ほんの少し体が熱くなった。そうして続けた稽古の中で、私はなぜか自由だった。きっと私は、何にだってなれる。

稽古が終わると、私の目が監督を探した。滅多にないことだけれど、監督が自分を見て笑っていた。さらにニッコリ笑ってくれた。初めて役者になれた気がした。監督に、そして河原で拾ったあの石に、見てもらえた気がした。

第8話 詩人の言葉

八十七歳の詩人ラファエル・アルベルティが、遠い昔に出版した詩集を美術館で朗読していた。楕円形の大きな白いテーブルのある部屋には、十五人ほどの若者たちがいて、歴史的な詩人、老齢の詩人の朗読を聴いていた。

詩集は、美術館に展示されている画家たちのことを書いたものだった。詩人がゆっくりと低い声で詩を読む。若者たちがみんな静かに聴いている。ひとつの詩を読み終えると詩人は、ゆっくりとページをめくり、違う画家のことを書いた詩を選び、それを静かにゆったりと呼吸をするようにして読む。一つ、そしてもうひとつ。五つ目の詩を朗読していた時、途中で詩人が朗読をやめた。

もういいね、これくらいで。

ゆっくりと詩集を閉じた詩人は、ほんの少し微笑みを浮かべながら若者たちを見渡し、そしてゆっくり立ち上がった。その時、詩人の隣に坐っていた私の目に、携帯電話を手にした若者の姿が目に入った。そうか、それで朗読をやめたんだ。もしかしたら、ただ疲れただけだったかもしれないけれど……

その朗読会は、プラド美術館の友の会の会員が特別に企画したものだった。もちろん全員、詩人の大ファンだった。そんな機会は滅多にない。あまり外には出なくなっていた詩人が朗読会を引き受けたこと自体が私には奇跡のように思われた。たまに何かの機会にテレビで詩を朗読することはあっても、式典に招かれて、詩人らしい祝辞を一言述べたりすることはあっても、この数年間で人前で詩を朗読したことなど私が記憶する限りなかった。

せっかくの貴重な時間なのにと思った。けれど詩人は何も言わずに微笑みながら席を立って、ゆっくりと石の廊下を歩いて美術館を出た。外に出ると、もう暗くなった夜空を見上げて背伸びをして夜の道を歩き始めた。そして振り向くと、ほんの少し笑みを浮かべて言った。

ビールを飲もうか。

そう言った詩人の顔が、澄んだ夜空のように爽やかだった。そのまま歩き出した詩人の後を歩きながら、私ならどうしただろうかと思わずにはいられなかった。頼んで来てもらった偉大な詩人に、美術館の中で、そこに飾られている画家の詩を朗読してもらっているときに、携帯電話を、たとえ机の下であろうと、誰からの電話かと、ちらっと見ただけだったかもしれないけれど、悪気など一切なかったにせよ、私ならその場で何か言っただろうと思った。何も言わずにはいられなくて、あるいは気持ちを落ち着かせるために、あるいは……

誰よりも鋭敏で、美への強い愛と、さまざまな理不尽に対する怒りを体の奥深くに沈め込み、いつも微笑みながら、ゆっくりと言葉をかみしめるように言葉数も少なく話す詩人が、けれど詩集の中では、目が眩むほどに饒舌な詩人が、あのとき何も思わなかったわけがない。

詩と同じくらいに絵が好きで、誰よりも絵や画家のことを理解し、そして誰も経験できないほどの波乱万丈の人生を生きてきた詩人の目に、自分が発した声を受け取らずに下を向いていた若者の姿が映らなかったはずがない。

でも詩人は何も言わなかった。ただ詩の途中で朗読を止めた。もしかしたら、それはあの若者にとって、あるいはあの若者たちにとって、一生忘れることのできない瞬間になったかもしれない。そう思ったとき、老いた詩人の後ろ姿が輝いて見えた。やっぱりスターだ、その存在そのものが詩なのだと思った。

それから何年かが経った。友人の写真家ロベルト・オテロと道を歩いていたとき、写真家が突然、詩を暗唱し始めた。それは美術館で朗読をした詩人ラファエルが南米に亡命していたときに創った詩の一節だった。詩人から息子のように可愛がられていた南米生まれの写真家は、詩人が南米にいた時も母国のスペインに帰ってからも、一緒に歳を重ねながら、常に詩人のそばにいた。ロベルトが暗唱しながら見上げた先にジャカランダの花が咲いていた。

遠い遠い昔に南米からスペインに運ばれてきて、今はすでに大木となって、もともとそこにあったかのように咲くジャカランダの樹の花。ラファエルの目の奥で、地球の反対側にある母国と南米とを繋いで咲いていた花。その花のことを詠った詩の一節だった。それはラファエルの家を出て、ロベルトと二人で大通りを、黙って歩いていたときのことだった。

それからまた歳月が過ぎた。何気なく入った美術館の展覧会で一枚の古い写真を見た。そこには数年前にさらに老いて亡くなってしまったラファエルの若き日の姿があった。同じように若く美しかった妻のマリア・テレサと、彼らの友人の天性の詩人、ガルシア・ロルカの三人の姿が写っていた。みんな若く、そしてみんな笑っていた。美しい天使と呼ばれた若き日のラファエルと妻、そして画家になろうと思っていた彼に詩を書くことを勧めたロルカ。

その写真が撮られたすぐ後、ロルカは命を銃で絶たれた。彼らの母国が二つに裂けて戦争を繰り広げていたときだった。三人は、独裁者に抗して戦う人民戦線の闘士たちの希望だった。けれど彼等の故郷アンダルシアはすでに独裁者フランコの戦いの拠点になっていた。

あんなにも敏感な感性を持つロルカが、音楽のような詩を歌うように唱い、誰に対しても笑顔を振りまいていたロルカが、どうして故郷の空気の中に低く強く淀んでいた危険を察知しなかったのか？　どうしてわざわざグラナダに帰ったのか？

もしかしたら天性の詩人ロルカは、敵や味方や右や左などという、その頃の流行病のような観念の向こうにある、すべての人間の内にあると思える人間性のようなものを信じていたのではなかったか、というより、信じ切っていたのではなかったか、とふと思った。

だから、いつでもどこでも、故郷ならなおさら、自分がアンダルシアの言葉で、ひとこと心に触れる言葉を発せば、たとえ相手が銃を自分に向けて構えていたとしてもなお、銃口を下に向けるはずだと、信じていたのではなかったか。

というか、人間と言葉を信じるその度合いが、なみ外れていたことが、彼を天才詩人にしたのではないか。そしてもしかしたらそのことが命取りになったのではなかったか。言葉の内にある愛や美に気付かない人間も世の中にはいるということが、わからなかったのではなかったか。

私はすべての人間の友だちだ。

それがロルカの口癖だった。当たり前だがそこには敵も味方もない。だって言葉は相手を信じて発せられるものだから。本当のことを言っていることを前提にして発せられ受け取られるためのものだから。

自分と相手との間に信がなければ言葉は発せられる理由がない。というより、それをきっかけにして、自分と誰かを今より活きいきとさせることができなければ、詩は詠われる意味がない。

ロルカの死の後、自由のために闘った人民戦線は独裁者フランコに敗れ、人民戦線のリーダーの一人だったラファエルは亡命を余儀なくされた。亡命は数十年にも及んだ。独裁者の死後、ラファエルは老いて故国に帰った。独裁者が生きている間は決して故国には戻らない、故郷のアンダルシアにも帰らない、だから奴よりも長生きしなければ。もしかしたらそのことがラファエルの命の何分の一かを支えていた。

塔という塔が高く聳え、その高さが意味を持つ日が来たなら……

その時にこそ故郷アンダルシアに戻ると、詩人はかつて自らの詩に書いた。亡き友ロルカに向かってそう書いた。独裁者が死に、故国が民主主義国家となってラファエルは故国に迎え入れられたが、はたして、そんな日が来たから帰ったのかどうか？

ラファエルはそれからもずっと、塔という塔が競ってそびえ立ち、その高さが意味を持つ、その日が来るのを待ち続けて生きた。その日を自分の目で見届けるためにこそ詩人は生きた。そんなラファエルも九十七年を生きてこの世を去った。

ラファエルの死後、彼の記念館が故郷の港街プエルト・デ・サンタマリアに創られることになった。そこには、もともとは画家になりたかったラファエルが描いた多くの絵と彼の詩と、ロベルトが撮った写真が飾られることになり、長い時をラファエルと共に生きた写真家ロベルト・オテロがその一切を取り仕切ることになった。マジョルカ島の自宅でロベルトは私に意見を求めた。図面を見ながらロベルトは、普通に飾っても面白くないから、ラファエルらしくないから、オリジナルの絵を展示するだけじゃなくて、絵や写真を拡大して、階段や壁一面に飾り付けてはどうだろうかと言った。だったら、と私はすぐに言った。ラファエルの言葉も大きくしなくては。

言葉にはもちろん意味がある。大きな文字でも小さな文字でも意味は同じ。けれど詩の言葉には、意味を超えた何かがある。それがなければ詩ではない。詩には、意味としては表しきれないけれど、でも確かにあると思える何か、それが息づく時空間に向かう意志が必要だから。

そのことを感じさせるために、詩人の絵や写真と同じように、思わず目を見張るものとして、体で感じるものとして、これはと思うラファエルの詩の一節を、思いっきり大きくして空間の中に浮遊させるべきだとロベルトに言った。

そうすれば見た人が、その言葉は大切な何かなのだと感じやすくなるから。絵でも音楽でも、大きさは時に力を持つから。だから、九十七年を詩人として生き抜いたラファエルの詩の言葉はそうしなくては。だって天使ラファエルの言葉が漂っている時空間の高さは、そうやって見上げなければわからないかもしれないから。

詩は言葉で書かれてはいても、単なる言葉ではないから。発せられた詩の言葉は、その瞬間から、それを受けとったいろんな人の心のなかで、その人の背を、ほんの少し高くするために、そのためにこそ存在し続けるんだから……

写真家はうなずいて天井を、というか、その先の先の天空を見つめた。

第9話　アンナのまなざし

葡萄畑のなかを緩やかなカーブを描いて続く路を行くと、なだらかな丘の上の街が見える。この地方の中心の海辺の都市から車で三十分ほどしか離れていないにもかかわらず、街の周りは自然が豊かで、葡萄畑の向こうにはオリーブ畑もあって、ちょっとトスカーナの田舎のような風情がある。

街は古びた城壁に囲まれていて、入り口には石造りの門がある。門に続く坂道が始まる辺りから、路はアスファルトから舗石を敷き詰めた路に変わる。いったいこれまでに何人の人が、何台の馬車が、何台の自動車がその舗石を踏んでこの古い街に出入りしたのだろう。いろんな色が入り混じった舗石はもう表面が滑らかに磨り減っていて、雨が降った後には、遠慮がちな宝石のように、仮りにそんなものがあるとして、その美しさに目を留めた人の目だけにしっとりと光を返して輝く。

街の中に入りほんの少し坂を登って、二手に分かれた路を右に向かうと小さな広場がある。

広場は二十五軒ほどの石の家に囲まれている。二階建ての家もあれば三階建ての家もある。広場に面した一階には、バルやパン屋や雑貨屋や日々の食材を売る店や文房具屋を兼ねた本屋などが、それぞれおとなしく並んでいる。カフェレストランもある。

広場からは家々の間を縫って三本の路が伸びていて、一本はさらに上へと向かう舗石を敷き詰めたなだらかな坂道。後の二本は緩やかな階段状になっていて、両側に石造りの住居が立ち並んでいる。どれも二階か三階建て、なかには四階建ての家もあるがそれより高い家はない。

坂道を行くと左手に食堂がある。食堂はもう百年以上も前からあって季節の野菜や肉をその地方ならではのやり方で調理したシンプルな料理を出す。食堂の隣には街の図書館がある。その向かいにはちょっとおしゃれな感じのバルがある。

食堂は入口はそれほど大きくはないが中に入ると意外に広く、奥の方にカウンターがあって、朝にはコーヒーやココアやジュースやミルクを、夕方になればビールやワインが飲めるようになっている。

カウンターの奥の左側にはキッチンへと続く開口部があり、右側の壁にはレースのカーテンが下げられた開口部がある。カーテンは真ん中から分けられ、それぞれ両端に寄せられて色あせた紫色の紐で留められている。

カーテンをぐるとそこにはちょっとしたパーティができるくらいの天井の高い広間(サロン)がある。天井の高さはちょうど二階分ほどあり、三方の壁にはキャットウォークのような狭い内部テラスが設けられ、一方の壁にはテラスに続く二つの階段がある。その間に大きなタペストリーがかけられていて反対側の壁には大きな暖炉がある。食堂が入っている建築は、もとは大きなお屋敷だったのが、十九世紀の終わり頃に旅籠に改造され、それが二つに分割されて、一つが食堂に、もう一つが街の集会場になり、それから図書館になった。だから今でも図書館で集会が開かれることもある。

図書館と食堂の二つのスペースは短い廊下でつながっていて、図書館側のドアからモザイクタイルの床を通ってもう一つのドアを開ければ食堂に行くことができるからなにかと便利だ。だから長い歴史を背負うこの建築にある図書館と食堂は、街の社交の、あるいはおしゃべりや息抜きなど、街の中心的な機能を果たしている。

図書館の上の部分には事務所や倉庫や幾つかの個室、そして年老いた公証人の仕事場がある。個室はこじんまりとした書斎のようで、必要があればゆっくりと資料を調べたり画集を見たり数人で話したりできるようになっている。

食堂の上には数軒の住居がある。その一つがアンナの家。アンナは今年六十二になるイタリア人で、イタリアにいた若い頃アンナは女優だった。出演した映画は七本。世界的に有名な監督の映画に出演したこともある。けれどアンナは、ある映画祭でこの街の近くの海辺の都市に来た時に、すっかり好きになって住み始めた。ちょうど若者たちが競って前衛映画をつくっていたこともあって、美しくて聡明なアンナはあっという間に若者たちのカルチャーシーンの中心的人物になった。アンナがまだ二十代の半ばだった頃だ。

前衛映画への出演の依頼はたくさんあったが、気に入った場面にほんの少し顔を出すくらいで、主だった役を演ずることはしなかった。イタリアを出ることを決意してからは女優として生きていくことは辞めた。アンナが女優をやっていた頃はイタリア映画の全盛期で、そこでの密度の高い空気の中で生きたアンナからみれば、海辺の都市の若者たちがつくる映画は少し物足りなかった。アンナは映画は何と言っても場面(シーン)の組み立てが勝負だと思っていた。それと会話や音楽を含めた音が大事でそれが場面に命を与える。けれど海辺の都市の若者たちがその頃につくっていた映画には難解なセリフも多く、やや観念的過ぎるものも多かった。

けれど若者たちが寄り集まって、バルで議論しあったり喧嘩をしたり必死に制作費の工面に走り回ったりするのを見るのは気持ち良かった。すでにカルチャームーヴメントの熱い息吹を体験してきたアンナは、海辺の都市の活気に文化的なムーヴメントの芽生えのようなものを感じた。だから、それが大きく育ってどんな花を咲かせるかを、流れの中に身を置いて見守ってみたいと思った。

自分の何かが役に立つことがあるかもしれない。

そんなことを思いながらアンナはいつもカメラを持ち歩いて写真を撮り、雑誌に記事を書いて写真と一緒に載せたりした。アンナの視点は独特で、女優を経験した者ならではのプロ的な視点と、好奇心に満ちた少女のような新鮮な視点と、文明批評的な視点と、美を愛する者ならではの視点が自然に混じりあっていて評判が良かった。

写真も映画の仕事をするなかで学んだのか場面の切り取り方が巧みで、常に対象への愛情が感じられる個性的なものだった。もともと視覚的なセンスに恵まれていたのかもしれない。言葉も短く端的でどことなくポエティックだった。

やがてあるヴィジュアル雑誌の編集長になった。月に一度出版される雑誌では、毎回テーマを変えて、そのテーマと関係のある写真や記事だけを集めて特集するスタイルをとった。

映画はもちろん演劇や絵画や音楽や建築、街の子供や動物やアーティストたち、建築の一部と空と言葉だけで特集号を組んだこともある。斬新な企画とクオリティの高いヴィジュアルと気の利いた言葉が評判になって、アンナの雑誌は海辺の都市のカルチャーシーンと共に育ち、やがて海辺の都市の文化を代表する雑誌になった。

でも、どんなムーヴメントにもなぜか寿命のようなものがある。

ただムーヴメントの前と後では、それが起きた場所と起きなかった場所とでは何かが決定的に違う。だから文化的なムーヴメントというものは起きれば起きるほどいい、その方が面白い。というより文化的な空気が淀んでいたり死んだように停滞してしまっているような場所ではアンナは息ができない。

ずっと雑誌をやってきたアンナは五十七歳になった時、雑誌の編集長を辞めた。どうも海辺の都市の空気と雑誌との一体感のようなものがいつの間にかなくなっていることに気づいたからだ。もしかしたら雑誌というメディアそのものの寿命がムーヴメントと同じように終わりを迎えつつあったということなのかもしれない。不思議なことだが雑誌も読者とともに歳をとる。そして前を向く力がいつの間にか衰えた、ような気がアンナにはした。

それからしばらくして恋人と一緒に海辺の都市からそれほど遠くはない、壊れかかった城壁に囲まれたこの古い街にたまたま来て広場のカフェに坐った時、アンナは、その広場の大きさになぜか妙に心が和んだ。

　しばらく坐っていると、三人の子供が大きな声を上げて棒を振り回しながら走って階段の向こうに消えた。カフェの隣には三人の初老の男たちがポツリポツリと何を話すでもなく話している。若い女の人がパン屋の中に入っていく。一匹の犬が眠たそうにあくびをする。向こうの階段に若い青年が坐っている。見ればその青年が、なんと本を開いている。どんな本だろう？　思わずアンナが恋人の方を見ると、恋人も青年の方を見て微笑んだ。

　カフェの奥には古びた油絵が掛けてある。もうすっかりくすんでしまっているけれど、それでも油絵はちゃんと薄暗い空間の中で自分の役目を果たしていた。広場に立ち並ぶ家々の中には白く塗った壁の塗装の一部が剥がれ落ちている家がある。かと思えばつい最近塗り直したかのように眩く光を返す壁もある。艶やかな舗石の上に水を撒いている老女。その横ではしゃぐ幼い女の子。この街は生きている。アンナはふとそう想い、この街の住人になろうとなぜか思った。それから恋人と一緒に街を一回りしてみた。

　城壁のあたりをぐるっと回ってみると、ちょうど一時間ほどかかった。城壁は壊れているところもあればまだしっかりしているところもあった。窓辺に花を飾っている家もあれば、入り口のドアを緑色に塗った家、青色のドアの家もあればニスを塗った木肌が美しい真新しいドアの家もあった。人通りも決して多くはないけれどそれほど少ないわけでもない。街の人々はすれ違う時、誰もが初めてこの街に来た自分たちの方を向いて当たり前のように小さな声で挨拶をした。

アンナはなんだか忘れていたものを想い出したような気持ちになった。

アンナはこの街の住人になることを決めた。この街なら部屋を借りてもそれほど高くはないだろう。生活費なら慎ましく暮らせば年金でなんとかなるだろう。それにこの街は贅沢などとは縁がないように思える。ここには古いものと新しいものが不思議なほど自然に同居している。アンナの体に染み込んだ勘のようなものが、ここがこれからの自分が生きる街だと、ふっと囁いたような気がした。

どうしてかはわからないけれど、人には持って生まれた、あるいは人生を生きる中で身につけたその人にしかない個性を、一目で感じさせる人がいる。アンナもそんな一人だ。アンナはほとんど子供の頃から、なぜか人目を惹く子だった。成長してからはもっとそうなった。だから映画に出ることにもなった。海辺の都市でもそれは同じだった。

ある日アンナが広場のカフェのテラスで、街の葡萄でつくったワインを飲んでいると、一人の若い娘が近づいてきた。娘はテーブルの前に立って遠慮がちにアンナを見つめて言った。○○の編集長をやっておられた方ですよね。もしよかったら、お話をさせてもらってもよろしいでしょうか?

どうぞ、とアンナが言うと、娘がテーブルの向かいに坐って話し始めた。どうやら写真が好きで自分でも撮っているらしい。どんな写真なの? と聞くと、娘はスマートフォンを取り出して自分が撮った写真を見せてくれた。

私、カメラマンになりたいんです。どうしたらなれるでしょうか? やはり大学に行って勉強をした方がいいでしょうか? それともインターネットに投稿して誰かの目に止まるのを待てばいいのでしょうか? それとも……

一所懸命話す娘の表情が可愛かった。写真そのものよりもその表情を微笑ましく思ったアンナは、自分が好きだと思える写真を撮ればいいのよ、それを身近な人に見せればいいのよ、そうしたらあなたのファンが増えるかもしれないよ、もし増えなくて、それでも撮りたい写真があったら、撮り続ければいいと思う。インターネットに投稿したって誰も真面目に見たりはしないよ。しかもそんな小さな画面だもの。たまたま見たとしても、みんな適当に見流して、次の一瞬にはもうそんなこととすっかり忘れてしまうわよ。それに、あなたが好きな場(シー)

面はそんな小さな画面に収まるの？　もしよかったらあなたが好きなサイズの写真を明日、同じ時間にここに持ってきてくれる？

次の日に見た彼女の写真は、それなりに魅力的だった。写真を見ながらいろんな話をした。娘は嬉しそうに帰っていった。

街に住み始めてから、アンナは街のあちらこちらを歩き回った。恋人は仕事があるので週末に街にやってきて二人で過ごす。それ以外の日は時間があるので、カフェに行ったり散歩の途中に見つけた図書館で本を読んで過ごしたりした。

そうこうするうち、どこにいてもなんとなく目立ってしまうアンナは図書館の館長と親しくなった。街の世話役を兼ねた館長はもちろんアンナの雑誌の事を知っていた。しばらくすると館長から図書館のアドバイザーになってほしいと頼まれた。このスペースをもっと街のために役立てたいという事だった。アンナはすぐにそれを受けた。落ち着いた図書館は何かもっと利用できるはずだとアンナも思っていたからだ。そしてその時アンナは急に、写真が好きな娘のことを思い出した。

そうだここで展覧会をやろう。

アンナはすぐにこの街で展覧会をやるための仕組みを考えた。まず自分と彼女で選んだ作品を図書館に飾る。入場料は無料だけれども、その代わり、作品が気に入った人は入り口に設けられた箱の中にカンパを入れる。額はいくらでもいい。カンパをした人は一枚の番号札をもらう。展覧会が終わった後、隣の食堂でパーティをする。パーティにはカンパをした人は全員参加できる。カンパの総額の半分は作家に渡す。後の半分はパーティのワインやおつまみに充てる。カンパが少なければワイン一杯程度しか振る舞えないが、もしたくさんあった場合はそれなりの料理がでる。パーティの最後に抽選会をして、当選した人は展示作品の中から自分が好きな一点をプレゼントしてもらえる。

その方式で展覧会を開いてみると、彼女の展覧会は思ったよりもずっと街の人々に気に入られた。その娘が写真家になりたがっていることがみんなに知られるようにもなった。彼女にポートレートを依頼する人さえ現れた。

それからアンナはいろんな人から相談を受けるようになった。何かをやりたい人はたくさんいた、というより、アンナは絵や工芸品ばかりではなく、詩の朗読会や、子どもたちの絵の展覧会や綺麗なパンの一日限りの展覧会など、展覧会というものの既成概念を大きくはみ出た展覧会を次々に開催した。図書館での展覧会は何年かが過ぎた頃には街の人気行事になっていた。相談に来る人たちを見つめるアンナのまなざしは優しく深く、誰もがつい誘い込まれて秘めた自分の想いを語る。

展覧会が行われている時には、街の入り口の城門の両側の塔に、そのためにパン屋のおばさんがつくった白地に刺繍を施した旗が掲げられるようにもなった。その時には図書館の入り口の両側にも可愛い旗が立てられる。それはきっと、街の人々が自分たちの街ならではの展覧会を、なんとなく誇らしく思っている印。街の人たちが展覧会を楽しみにしていることの表れとしての旗。

今度はどんな展覧会だろう?

第10話 ある日の出来事

カフェに坐って、路を行く女性たちの姿を見つめる。当たり前だが、一人ひとりみんな違う。着飾った女性、笑顔の女性、まっすぐ前を見つめていたり、ぼんやりしていたり、年齢もさまざまだけれども、なんとなく個々人の違いの揺れ幅が女性は男よりずっと大きいように感じる。なのに、不思議なことにその多様な違いが、女性が全身にまとっている透明なヴェールのようなもので包まれていて、誰もがみんな女性として街を歩いているように見える。

それに比べると男は似たり寄ったりなのになぜかバラバラ。もしかしたら自分が男の画家だからかもしれないが、男はなんだか調和という言葉とは無縁な動物のように映る。だから男の絵というものを描こうと思ったことがないのかもしれない。なにしろそこには秘密のようなもの、あるいはもしかしたら触れることができると感じる神秘のようなものがない。

自分の目が美しいと感じる女性ばかりを描いてきた。あるいはそれを理想化するようにして彫刻をつくってきた。女性のいろんな表情を描いてもきた。もちろん裸体も。実に陳腐なことだが、美の神様であるヴィーナスが女性であるように、画家にとっては女性の裸体は美にダイレクトにつながっていると思える何かなので、描いているとなぜか心が安らぐ。そうしていることで美の近くにいるような気がする。

不思議なことだが女性は衣服を脱いでもなお透明のヴェールをまとっている。どこまでもまとっている。ヴェールは目には見えない。でもヴェールはゆらゆらと、女性の体の曲線と付かず離れず共鳴するかのように戯れ合って、いつも揺らいでいるように感じる。

だから光をとらえきれないのと同じように女性の体もとらえきれない。それはつまりは本当には女性を見ていないということなのかもしれないとも思う。だから逆に、見飽きるということがない、描き飽きるということがない。

それよりなにより女性の体の柔らかさがどうしても表現できない。これまでに描いた女性の絵は千点以上になるだろう。彫刻も三十体以上つくっている。女性の造形的な美しさなら、そこそこ表現できたと思える。けれど生きている女性の柔らかさが、実際の柔らかさというより透明のヴェールと戯れあっているような、すべてと繋がっているような滑らかな曲線の柔らかさ温かさが表現できない。

もちろん曲線美を描くこと自体はそれほど難しいわけではない。線として、あるいは面としては、それを画布の上に写し取ることはできる。けれど、なぜかその曲線がヴェールをまとわない。女性の体をそっくりそのまま彫刻にしても、というより彫刻にする際に実際の体よりももっと美しいと思える理想化した曲線を彫刻に付与してもなお、なぜか柔らかさがどこかに逃げて行ってしまう。音楽の調和のような、もしくは微かな吐息のようなものがいつの間にか消えてしまう。

絵も彫刻も生身の女性と違って生きていないのだから当たり前じゃないかという意見に画家は承服できない。もしそんなことを認めてしまったら画家の仕事が成り立たない。もちろん実際の女性より美しく見える絵はたくさんある。画家たちはそのために絵筆をとり続けてきた。

なかにはレオナルドのように『ジョコンダ』で、女性が纏う神秘的なヴェールそのものを描いた画家や、ベラスケスのように『鏡のヴィーナス』でヴェールを剥ぎ取った女性を描いて、逆に若い女性の生身の体に美をまとわせてしまった画家や、ゴヤのように二点の『マハ』でヴェールの正体を突き止めようとした画家もいる。でも彼らは天才のなかの天才だ。

モデルの女性のほんの少し向こうで息づいているように感じる何か、あるいはヴェールの内側に漂っているように見える何かに、普通の画家でしかない自分の筆はまだ届いていないと感じる。もしかしたら同じような感覚をほかの多くの画家たちも感じてきたのだろうか？

向かいのテーブルで一人の女性が無表情でカフェオレを飲んでいる。

美しい女性。道路からの重なり合ったエンジンの音が、ふっと消える。その瞬間に、一つの場面（シーン）がふと浮かんだ。、その女性の向こうの高い空の青の向こう、はるか遠くの、夜明けという言葉が似合うような街の角で、女性が姿を変え表情を変えて、でも同じ何かを宿した女性として、夢見るようにしなやかに、夢中で踊り続けているような……

見たこともない女性、見知らぬ顔、でも目の前のこの女性と繋がっているとなぜか感じる彼女は、もしかしたらこの女性の化身？

そういえば、これと同じような感覚を以前も持ったことがある。あれは冬の東京の街の中だった。日の暮れた高層ビルが立ち並ぶ街の舗道。コートを羽織った一人の女性が急ぎ足でどこかに向かって歩いていた。薄暗くて帽子をかぶった女性の顔は見えなかった。歩く女性の向こうのどんよりとした寒空が、かつて女性の胸の内にあったたくさんの、すでに風化してしまった夢のかけらのようなものを黙って閉じ込めているような気がした。そんな空の下で女性が抱えたバッグの底に、つながりをなくしてしまったいくつもの夢たちが、あるいは色あせてしまった笑いが、ひっそりと沈殿しているような気がした。その時ふっと、ワインという言葉が似合うような、光が溢れる小さな街のはずれの坂道を、一人の若い娘が胸を弾ませて駆け上がって行く姿が見えた。

もしかしたら女性は体のなかに無数の、そうではない自分を隠し持っているのかもしれない。娘のような自分、老いた自分、ここではないどこかでそうではない時間を生きる自分、歌を歌っている自分、泣いている自分、もっともっと綺麗な、あるいは何も知らないままの自分、無意識の向こうで活き活きと息づいているもう一人のほんとうの自分たち。ヴェールのゆらぎはもしかしたら、そんな無数の、一人の女性の中にあるそうではない多くの女性の心から漏れる吐息のせいかもしれない。

あるいは女性は、どんな女性にもなれる変容性を秘めているのかもしれない。鏡の向こうに映る一つの表情の向こうに見え隠れする無数の表情。描かれた絵の向こうで揺らいでいる無数の柔らかな曲線、あるいは命の輝き。

これまで私が描いてきたのは、そんな美の断片にすぎないのかもしれない。形を得ることができなかった女性の夢は、形を得ぬまま無辺の彼方を漂い続ける無数の夢と繋がっている、あるいは女性の内でひっそりと生き続けている。それらが時に、何かの拍子に外に出て女性が纏うヴェールをゆらす。だとしたら、一枚の絵の中にそれらの全てを描くことは果して可能なのだろうか。一体の彫像のうちに、それらの全てを閉じ込めることなどできるのだろうか?

けれど無数の姿が一人の女性のなかにあるのなら、目の前の女性の瞳に、それらの全てが溶け合った何かが映し出されているということだってありうるかもしれない。そんな眼差しを見た記憶があるような気もする。そんな一瞬の感触と、もう一度触れ合いたいと想って、それを再現したくて絵を描き続けてきたのかもしれない。それが自分を生かしてきたのかもしれない。そうさせるのが女性という命のありようなのかもしれない。女性の絵を描くことで美に、あるいは生に触れようとしてきたのかもしれない。

その力のようなものは絵を描かないと得られないの?

そんな声の粒子が天から真っ直ぐ頭の上に落ちてきた。その粒子がそのまま体を突き抜けて地面の下に吸い込まれて行った。一瞬チクリと心臓が痛みを感じた。

たしかに、そういう生き方もあるかもしれない。自分が美しいと想った女性と共に生きる。

一人の女性のなかにある無数の女性のありようを楽しむ。生きている女性は絵のように同じ姿ではいなくて刻々と表情を変えるから、そうして無限に今を楽しむ？

でも自分は美を表したくて画家になった。それも女性の中に描けるものとしてあると感じる美が描きたくて画家になった。だから美しさのかけらを拾い集めるようにしていろんな美を見つめてきた。記憶してきた。そうして見つけた美をつなぎ合わせ、あるいはそれに憧れを足して、現実の女性が纏うより美しい美を創りだせるはずと想ってきた。そうすれば美を永遠化できるから、あるいはそれを見続けることができると思ったから……

ぼんやりと取り留めのない思索を巡らせながらカフェを出た。石畳の道を歩き、いつも通る大きな石の橋の方に向かった。石の橋の欄干にはところどころに青銅の女性の裸の彫像が立っている。彫像たちは寒空の下で緑青をまといながら凍りついたようにして空を見ている。

突然、向こうの方から、帽子をかぶった男に寄り添うようにして歩いてくる一人の美しい女性の姿が目に入った、近づいてくるにつれて、その弾けるような美しい笑顔しか目に映らなくなった。彼女の目は今と永遠を一緒に見つめていた、あるいはそのどちらとも無縁だった。不思議なことにその女性の笑顔の周りには、女性なら必ずまとっているはずのヴェールがなかった。はじけた笑顔がヴェールをはじき飛ばしてしまったのかもしれない。

思わず立ちすくんだ。ほかに何ができただろう。一瞬の出来事、けれど、もはや決して忘れることができない、絵とか生身とかいうことが無意味になってしまった一瞬。彼女が通り過ぎた後もしばらくその場に立ち続けていた。

橋の下を川が流れていた。見つめれば水が、ゆっくりと止まることなく流れていく。川がなければ海もない。海がなければ空もない。海の青と空の青。二つの青のあいだで生きる男と女、あるいは人。異なる二つの命が交歓し合う、そこから生まれる美。

まったく偶然に、幸運にもたった一つの美しさの形を得た一人の女性の笑顔を見た。画家であろうとなかろうと、それは一つの至福。そんな柔らかな至福の余韻を乗せて、水が海の方へと流れて行った。

一瞬、笑顔以外のすべてが消えたある日の出来事。

第11話　たった一夜のこと

フランスとスペインをつなぐ、スペインが誇る特急列車タルゴの寝台席を取ってパリからバルセロナに向かった。

ボックスになった部屋には、両側の壁に向かい合ってベッドが二つ埋め込まれていて、夜になればそれを下ろして眠るようになっているが、そうしなければ、ゆったりとした座席のある気持ちのいい部屋。それほど大きくはないけれど窓は広く、移り行く景色がとても綺麗に見える。

座席に坐って出発を待っていると、ボックスの引き戸が開いて、一人の背の高い、たぶん七十歳くらいの紳士が入ってきて軽く会釈をして向かいに坐った。一瞬こちらを見た眼と顔の表情に、なぜかなんとなく透き通った印象を受けた。しばらく黙って向かい合って坐ったまま、景色を見たりなどしていたけれど、そのうち、どちらからともなく話し始めた。

最初はあまり得意ではない英語で話していたが、何かの拍子に紳士がスペイン語を話すことがわかってからは、お互いにスペイン語で話した。英語やスペイン語は便利だ。以前サンフランシスコに行った時、ホテルでもタクシーでもスペイン語が通じた。というより、タクシーの運転手はほとんどがメキシコとか中南米の出身だった。ヨーロッパではフランス語を話す人も結構いるだろう。それに比べたら日本語は不便だ。日本語を話せるヨーロッパ人なんて、どこにもいない。

ただ、紳士はどう見てもスペイン人ではない。どこのお国の方ですかと問えば、オランダ人だという。なるほど、だから背が高いんだ。ギュスターヴ・ドレが描いた、さまよえるオランダ人の版画がふと脳裏をかすめる。

どうしてオランダ人なのにスペイン語が話せるのかとも思ったが、そのことを聞く前に紳士の方から、今は旅をしている時以外は、ほとんどスペインのマドリッドにいるんですと話してくれた。

以前はオランダで何をされていたんですかと、普段は聞かないどうでもいいようなことを、オランダ人との距離の取り方の感覚がいまいちよくわからなかったのでとりあえず聞くと、どうやら紳士は、今は世界的な企業になった家電メーカーの創業者の一族で、その会社を継いでいろんなことをやったら、いろんなことが大当たりして、いろいろ大変なこともあったけれども、数年前に辞めて、それからはあちらこちらを旅する以外は、主にマドリッドにいて、スペイン各地を訪ねたりもしているらしい。

いわゆる悠々自適の老後の暮らしなんだと思ったが、そういうことを話している時の紳士の、こちらを見つめる眼が、老齢なのに少年のように澄んでいて、なんだか心地が良かった。表情も静かで、大げさなところは一つもないけれども、でも妙に人間味があって、ついつい話に引き込まれる。紳士がこちらのことをどう思ったかはわからない。わからないけれども、どうやら会話を楽しんでいるようだ、ということは感じられた。


ふと、エルトンジョンのダニエルという歌の歌詞を思い出した。それは心に深い傷を負った兄貴分のダニエルが飛行機に乗ってスペインに行ってしまう哀しみを歌った歌で、飛行機を涙目で見送る自分の目に、さようならと手を振るダニエルの姿が涙で霞んで見える、というような歌詞なのだが、そのなかに、スペインは暮らしていくには一番いい場所だってダニエルは言う、というフレーズがあって、その部分の響きがとても好きだった。

確かにスペインは、なんやかんやといろいろあった人が、というより、ありすぎた人が、そういうことから離れて暮らすには最適の場所。だとしたらこの紳士も、オランダでいろいろあったのだろうな、とかついつい思ってしまう。でも紳士の表情は、なんとなく人間味や好奇心が自然に滲み出ているのに、全体としては夕暮れの海の美しい凪の時のように静かで、どこか妙に心が鎮まる。少しづつ興味が湧いてきて、どんなところを旅するのがお好きなんですかと、どうでもいいようなことをまた聞いた時の、紳士の答えが面白かった。

特にないんです。マドリッドにいて、ふと行きたいと思ったところに出かけて、そうして旅に出てからは、次に行きたいところが浮かんだらそこに行き、そういう場所が思い浮かばなかったら、しばらくそこにいたり、マドリッドに戻ったりするんです。


最高の旅の仕方じゃないですか。

そうでしょうか。


実は、先々週はサンフランシスコのサウサリートにいたんです。なんとなく行きたくなったんです。私は長い間仕事で世界中を回りましたから、いろんな街を知っています。友達もあちらこちらにいます。それに今ではテレビを見ていても、知らない街が映ります。かといって、私の場合は景色が美しいからとか、行ったことがない街だからというようなことはどうでもよくて、ふっと心が惹かれるような何かがないと、行きたいとは思わないんです。もしかしたら、いろんなところに行き過ぎたからかもしれません。

それはともかく、そうなんです、先々週はサウサリートにいて、そこでなんとなくパリの友人のことを思い出して電話をしたら、急に会いたくなって、それで先週はパリの彼の家にいたんですけれど、その彼が、君はポルトガルに行くべきだと言うんです。その時、ポルトガルの最南端の小さな街、海に面したファロに行きたくなりました。だからこれからバルセロナで乗り換えてマドリッドに行って、それからファロに行くんです。あなたも知っているでしょう、ファロというのは灯台という意味です。そこから何が見えるのか、あるいはその光が何を知らせるのか？


そこからどこへ行くのかは私にはまだわかりません。

つまりファロの地と、そこに立つあなたの心と体が、もしかしたら次の行き先を教えてくれるかもしれないということですね。

そうなんです、それが面白いんです。

それがきっと旅をするということなんだと思うんです。


いつの間にか二人はすっかり打ち解けていた。やがて窓の外が暗くなり、普通ならカーテンをしてベッドを降ろして眠る時刻になっても、二人は話し続けた。眠ってしまうのが、なんだか惜しいように思われた。話はそれから次第に、なんだか抽象的な、というか禅問答のような、けれど互いにとって妙にリアリティのある話になり。紳士の表情がますます生き生きとし始めた。

飛び石のように、連想ゲームのように、あるいは二つのつながりあった知恵の輪を解くように話が続き、子どもの頃のことや、哲学者や詩人たちのこと、互いに好きな絵のこと、オランダの朝の不思議な光のこと、イビサ島の夕暮れ時の一瞬の紫色の光のこと、言葉とイメージのことなどなど。

この人と旅をしたら、もしかしたら面白いことが、というより、別の次元の何かが起き始めるような気がなぜかした。傍目には接点など何もないように見える二人の会話。けれど、昔からの友人だったような、生まれた国も歳も歩いてきた道も行き先も違う二人。

やがて夜が明け、列車は早朝にバルセロナのテルミノ駅に着いた。終着地という名前の駅。バルセロナに初めて来た時に降り立った駅。その駅のホームで紳士は、若者を抱きしめて言った。私たちがこうして出会ったのは運命です。この運命を私は大切にしたい。ポルトガルから私はきっとマドリッドに戻るような気がします。たった一夜の会話だったけれど、本当に楽しかった。君とはもっと話がしたい。何かを分かち合えるような気がする。

君と出会えたのは本当にラッキーだった。もう一度言うけれど、これは運命だと、私は思う。だから、気が向いたら私に会いにマドリッドに来て欲しい。旅をしているかもしれないけれど、家には掃除をしたり食事を作ってくれるセニョーラもいる。訪ねてきた時、もし私がいなくても、彼女に知らせてもらうから、そのまま家にいてもらって構わない。そう言うと紳士は、自分の家の住所と名前と電話番号を書いて若者に渡した。

必ず来るんだよ。
それじゃあ、また。

紳士がそう言って、二人は別れた。影になって見えるホームに立つ紳士の背が高く、その影が片方の手を高く上げて、その手をゆっくり振っていた。メモを見ると、紳士の家の住所は、マドリッドの最高級住宅街、パセオ・デ・ラ・カステジャーナだった。

けれど結局、会いに行くことはなかった。マドリッドだったからかもしれない。バルセロナにはしょっちゅう行っていたけれども、マドリッドに行く用事がほとんどなかったからだ。行っても、友達と一緒に何かをしていたりして、彼の家を訪ねる機会は、もちろん行こうと思えば行けたのだろうけれども、なんとなくなかった。

それからずいぶん経って、イビサ島から日本に帰ることになって家の中を整頓していた時、大切なものを入れていたファイルの中から、ミスター・フィリップスの住所と電話番号が記されたメモが出てきた。人が人を信じるというのはどういうことなのだろう、と考える時、時々彼のことを思い出してはいた。でも、会いには行かなかった。

大袈裟だけれども、人生にはいくつかの大きな分かれ道のようなものがあるような気がする。もちろんミスター・フィリップスの旅がそうであったように、自分が明日どこに立っているかなどわからない。つまり考えてみればいつだって分かれ道。けれどそれでも、あの時あの分かれ道で、そうではない道を歩んでいたら、どうなっていただろうと思うようなことが、そんな分かれ道が、いくつかあるような気がする。

もしマドリッドに会いに行っていたら
どんな話をしたでしょうね、フィリップスさん。

第12話　木地を挽く

一人の初老の木地師が今日も昨日と同じように、仕事場で轆轤を回して木地を挽く。お椀の形に、あるいは盆の形に漆で仕上げるための木地をつくる。はたから見れば毎日同じことをしているように見える。けれど挽く木の硬さや手触りや乾燥の度合いや木目のありようはそれぞれみな違う。少しづつすこしづつ木を挽く。仕上げに向かうその過程で、段階に応じて鉋を変える。少しでも切れ味が鈍ればすぐに研ぐ。

木地師にとって鉋は体の一部、鉋は自分に合わせてつくったものでなければ役に立たない。鉋は挽く器の形や大きさや、どんなものをつくろうとするかによってもそれぞれ違う。だから指より太い丸い鋼の棒を打って鍛えて自分でつくる。鍛冶屋と同じように炭を熾して鋼を焼き、ハンマーで打って先を薄くし、程よい角度に曲げて刃先をつくって砥石で研ぐ。刃先の具合を確かめて何遍も研ぐ。思うように自在に使える鉋がなければ仕事にならない。だから鉋の数はどんどん増える。鉋をつくるには木地を挽くのとは違った種類の根気がいる。織細な仕上げを施す小刀も自分でつくる。木地が出来上がれば仕上げに漆を塗る。それにも何段階かの工程がある。どの作業にも違った種類の根気と集中力と愛情がいる。

こうした作業の多くは、今ではほとんど分業化されている。しかし初老の木地師たちの山中の里では、名の通った漆器職人たちは誰もが全ての作業を一人で行う、というより、それができなければ一人前とはみなされない。そしてほとんどの名人たちは自分は木地師だという。それというのも山中の漆器は、木地に透明の漆を塗って仕上げて、木地の木目の美しさの妙を見せることを本懐とするからだ。

もちろん赤や黒の漆を何度も塗って仕上げる方法や、蒔絵や螺鈿や研ぎ出しなど、漆を用いた仕上げの技法はたくさんある。職人によってそれぞれが得意とする技はあるけれども、どれもみなちゃんとできなければ話にならない。けれど、山中の里では木地の美しさを見せることを好む職人が多い。

なにしろ、木目のありようは木によってすべて異なる。木の種類によっても、切り取った場所によっても、どの方向から挽くかによってもガラリと変わる。それによって浮かび上がる模様は人が意図的につくれるようなものではなく、それは木地師と木地との真摯な対話の成果にほかならない。だからこそ面白く、同じものは一つとしてない。

だから山中の里の木地職人は、実に多くのことをあたりまえのように知らなくてはならない。木のことはもちろんだが、山のことや、木と生えている場所との関係だって重要だし、硬い木や柔らかい木、癖のある木や素直な木、節や木目の流れ方など、挽くときの感覚だってそれぞれみんな違う。それはみんな木地との対話や、その結果として作品の出来不出来や、そこに至る全てのプロセスの反芻をとおして、みんな体で覚える。

これはと思う木を仕入れたら、かなりの時間、仕事場に寝かせて乾かす。椀にする木、皿にする木、茶器の棗（なつめ）にする木、盆にする木、目的によって挽く木の大きさも形もみんな違う、というより、木地のありようが何を創るかというイメージを喚起する。

十分に乾いていない木は、挽いてから歪みが生じるのでゆっくりとちゃんと乾かす。十分に乾いたと思っても、いざ挽いてみれば、木によってはそうでもない部分が残っていたりするので、原木から木取りをした材料を、その姿を見ながら用途に応じて荒挽きをして乾かす。それをもう一度挽いて目的の形に近づけてさらに寝かす。だから仕事場にはいろんな段階や種類の木地がたくさんある。どこに何を寝かせているか、もうそろそろ起こしても良いかどうかは木地が放つ気配のようなものでわかる。それが感じられなければ仕事にならない。

頃合いを見て仕上げに入る。軸の太いしっかりした鉋を、支えの鉋台を支点にして手と脇で安定させ、轆轤にしっかりと固定させた木地を、轆轤の回る速さを調整しながら左手で木肌を触りながら挽く。

木地と体と轆轤と鉋との対話。木の声が音を介し、体が感じる細やかな振動を介し、くるりと巻き上がるようにして削れ落ちる木屑の様子を介し、その色合いを介し、ほかにも色々あるそれらのすべてを介して自分に伝わる。あるいは自分から木地に伝える。というより、そこにあるのはたぶん、木という命と自分という命のなかにある心のやり取り。

仕上げは薄い鋼を自分で研いだ小刀を使う。轆轤を回しながら何度も指で木地に触れて確かめる。轆轤の木地が艶やかさを増す。もう少し、もう少し。指がもうこれでいいと言ったら、もう一度触って確かめる。そのときなんとなく指に違和感を感じたら、さらに手を入れ、そうして木地をかためるために薄く漆を塗って木地に吸わせる。

それに漆を塗って仕上げに入る。漆の色も種類も塗り方も表情の拵え方も無数にある、黒色などの色のついた漆を木地に塗って目地に染み込ませ、頃合いを見て漆を拭き取って目地を強調させたりすることもある。

山中の里の木地師たちの多くは、そのようにして仕上げた木地に、透明の生漆(きうるし)を塗り重ねて木目を浮かび上がらせるやり方を好む。それぞれ異なる木目が、ごくごく薄いクリスタルのような漆をまとって光をかえす、あるいは艶やかに光を湛える。木地を覆う透明の漆の層は、薄過ぎても厚すぎてもいけない。というより、浮かび上がる模様が微妙なそのありようを決める。鉋づくりや荒削りとは全く違う漆を用いての仕上げの仕事。何度も何度も慈しむようにして木地に漆を纏わせる。仕上げには、それを手で撫で回すようにして、ほとんど職人にしかわからない微妙な磨きをほどこす。

仕上げた器を何処で誰が何のために用いるのかについても知らなくてはならない。というより、仕上げた作品の向こうに人々の営みや使う人の表情が見えなくては漆器などつくれない。毎日使われるものもあれば、特別の時に箱の中から出してきて優しく拭かれて御膳の上に並べられるもの、あるいは飾り棚に飾られて見られるためにあるものもある。それがイメージできなければ仕事にならない。仮にもしそれがイメージできないとしたら、それは何を何のために創るかというヴィジョンが見えないということにほかならない。

もちろん、自らの手を離れて旅立った漆器を誰がどのように使うかは分からない。けれど、木にそれぞれ個性があるように、つくり手に個性があるように、漆器にもそれぞれみんなかけがえのない個性がある。それを品格と言ってもいいかもしれないけれど、できれば自分の手を離れて旅立ったそれぞれが、それらしい場所でしかるべき人の手や目と出会い、静かな喜びの時と共にあってこその個性。

初老の木地師もまた、その個性のありようや、それにふさわしい居場所を想い描きながら木地を選び鉋を鍛え木地を挽いて漆を塗る。すべての仕事が想い描いたことと共にある。そこから離れたら生まれるものも生まれない。根気よく根気よく、夢をたどるようにして根気よく。木は長い歳月をかけて大きくなるのだから。自分も木と共に生きてきたのだから。それで食べてきたのだから。つくった漆器はこれから何年も、何十年も生きるのだから……

初老の木地師の朝は早い。八時には仕事を始めて十時にお茶を飲む。十二時に昼飯を食べて横になり、十分か十五分ほど昼寝をする。急ぎの仕事がない日には四時ごろには仕事を切り上げて、天気が悪くなければ仕事場の裏を流れる川辺を少し歩く。

木立の向こうの山が見える。

水が流れる音が聞こえる。天から降った水が山を下りて海へと流れる。川には流れこまずに大地に染みた水が木々を育てる。目には見えないけれど、木の根が水を吸い上げて、高いところにある空を遮る木の葉にまで水を届ける。そんな営みを木々の表皮が護る。皮に切れ目を入れれば樹液がでる。漆の木の樹液からは漆ができる。ほかの木からは漆がとれないのは不思議だ。

遠い縄文の時代にはすでに、この辺りでは漆を使っていた。漆の木に馴染みがない者が触ればかぶれるこの木の樹液から漆が採れることに、その漆が役に立つことに最初に気付いた人がいたという不思議。そんな昔から漆のことが伝えられ続けてきたという不思議。そんな人たちのことを初老の木地師は身近に感じる。


祖父の代よりもっと前から初老の木地師の家は漆器をつくって暮らしてきた。子供の頃から仕事場に入り、祖父からお前もやってみろと言われてからずっと、祖父や父を見倣って漆器をつくってきた。祖父はなくなり、父も木地師もいつの間にか老いた。仕事場の裏の川を水が流れるように、当たり前のように受け継がれてきた仕事。

漆器の面白さは、人々の暮らしのどんな場面にも登場できるということだ。元旦の朝に紅色の漆器が用意されていれば、それだけで気分が華やかになる。朱の漆の盃があってこその夫婦の契りの式。家でのささやかな晩酌時に毎晩、木地が透き通って見える小さな猪口に酒を満たして、澄んだ酒と共に揺れる木目を愛でる人がどこかにいる。その気配の確かさが仕事を支える。

朝餉（あさげ）の味噌汁を入れる器として毎日用いられる漆器もある。どれも愛しい。自分がつくったものであろうとなかろうと、それらはみな人の暮らしの彩り。山の漆の木から流れた涙のような樹液が、欅や栃など、さまざまな目を持つ木地に染みて木地をまもる。何十年かの、あるいは百年を超える日々を生きた木が、自分の目や手と出会い漆と出会ってもう一つの命を得る。いろんな場所でいろんな人や物語と共に、もう一つの生を静かに、華やかに、あるいはひっそりと生きる。

そんな木々の命の受け継ぎの仲立ち、旅立への仕度(したく)。

これからいくつの木地と出会えるかはわからない。どんな想いを込めた作品をいくつ創れるかはわからない。木が突然切られるように、人の命だって突然に消える。ただ、少なくとも自分がつくった漆器の数だけの物語と共に生きた。

川辺を歩きながら空を見ながら、ふとそんなことを思い浮かべる。そんな想いを巡らせながらまた木地を探す。木地の表情を見て思い浮かぶ何かを待つ。それと合う漆とその艶のありよう。人の顔がみな違うように同じ木地など一つとしてない。出来上がりもみな違う。そうして一つひとつ自分の手を離れ、宿した個性に眼を留める人のもとへと旅立って行く。そうして始まるもう一つの、未知の物語。

第13話 時と空の彼方に

何もしなくても身体中から汗が吹き出てくるような、夏の京都のとりわけ暑い日の午後に、友が修学院離宮に連れて行ってくれた。以前はそうではなかったらしいのだが、あらかじめ予約を入れておかなければ内部を観ることは出来ないらしく、その日を定めて友が予約を取ってくれていた。

友は大学の建築科に二年後輩として入学してきた。涼しげな目と、その奥に秘めた意志の強さと満面の笑顔が印象的で、ずっと親しく付き合ってきた。とはいっても、長く話し込んだことや一緒に呑みに行ったことなどはほとんどなく、なぜか最初から互いに相手の心根のようなものを見て、それですっかり昔からの仲間のような感覚を持ってしまったような気がする。

大学を出てからも会うことは滅多になく、なのに、何かの機会にたまに会うと、再会を喜び合ったりなどということもなく、まるで昨日も一緒にいたかのように、いつも自然に会話に入った、そんな友だった。

大学を卒業した友はしばらくニューヨークに住んだりなどしていたが、その後、世界を放浪しているとの知らせが入った。なんならイビサ島に来てみたらと便りを返すと、すぐにふらりとやってきてしばらくいた。

彼の家は京都の銀閣寺にあったので、放浪の後は京都で暮らし、しばらく父親の仕事を手伝ったりなどしていた。父親はダンディなことで知られた著名な建築家で、道元や中国やインドの古典やハイデッガーの知恵を自らの建築哲学に活かして展開するなど、既存の日本人の建築家や思想家の枠を大きく超えた自由人だった。父の死後、友もまた父親が設計した家で自らの事務所を開いた。

偶然、京都での建築空間設計の仕事が入った時、当然のように彼と協働することにした。何しろ京都での仕事なのだ。十年ぶりくらいにあった友は、髪が少し白くなっていた以外はほとんど以前と変わらず、会ってすぐに一緒に現場を見て具体的な打ち合わせをした。楽しかったのは、そうした打ち合わせがあるたびに、夕方から一緒に飲み、一晩泊まった翌日に、無数にある京都の寺社のなかから、どこか一つを彼が選んで案内してくれたことだ。

案内といっても、車でその場所に連れて行ってくれて、一緒に建築や庭を見るだけで、これは誰それがいつ建てたとか、ここには利休が住んでいたとか、その場所に関して一言、最低限の何かを言うだけで、それ以上の説明をすることはなかった。

父親の蔵書はもちろん、自分でも古書を含めあらゆるジャンルの本を読んでいて、しかも建築が大好きだった友は、自分のホームページで京都の寺社を一つひとつ詳しく紹介するコーナーまでつくっていたくらいだから実はなんでも知っていて、しようと思えば説明することはいくらでもあったはずだけれども、それは全くしなかった。そういう知識を何も持たない者にとっては、それが逆にありがたかった。ほとんど白紙の状態で建築空間と向かい合うことができたからだ。

修学院離宮の前にはすでに十数名の人たちが待っていて、一緒に門をくぐって中に入ると宮内庁の人が案内してくれて園内を巡る。まず後水尾上皇(ごみずのおじょうこう)の御座所、説明によれば上皇の直筆とされる寿月観の文字を彫った看板を掲げた数寄屋造り、実にシャンとした清楚な建築で、軒先の雨樋や戸袋や細い柱などの、何気無いけれど細心の気配りを込めた造作が面白い。

それより驚いたのは、その前から山裾にまで広がる広大な稲穂の海。それを目にした瞬間に、この場所を創った人の強い意志のようなものを感じた。その瑞穂のなかを山裾の方に向かって真っ直ぐ一本の道が通っている。ただその道が盛り土されていて水田より高い位置にあり、しかも道の両脇に松が植えられていた。なんだか奇妙な違和感を感じて、案内係の宮内庁の方に、この道はもともとこうだったのですかと聞いた。

もともとは細い畦道があっただけでした。

上皇はその畦道をいつも歩いてお渡りになったとのことです。

そうだろうなと思った。どうやらその場所には不釣り合いな道は、明治時代に明治天皇がここを訪れた際に馬車で渡るためにつくった道で、その際に両脇に松を植えたとのことだった。愚かだなと思った。

見渡す限りの水田をわざわざ創り、水が光を返す春の田植え時に、青々と育った稲が揺れる初夏に、あるいは黄金色の稲穂が頭を垂れる夏の終わりに、そして稲が刈り取られた秋に、さらにはもしかしたらうっすらと雪が積もった冬などにも、この地を訪れた上皇は、そこで働く民の姿を見ながら、もしかしたら声の一つもかけながら、水田に接した畦道を、都とは異なる風を受けながら、ゆっくり歩いたに違いない。そうでなければ、あのような清潔な家と、それを取り巻く広大な稲田をわざわざもうける甲斐がない。

砂利が敷かれた道には、よく見れば、道に降った雨水をさりげなく流すための溝が敷かれているようすだが、それは覆われて見えなくなっていて、所々に小さな雨水桝があり、それには丁寧に平べったい小石が置かれていて桝が見えないようにしてある。馬車道をつくらされたとはいえ、その表面の仕上げに繊細な気遣いを施した、この場所がどういう場所かを知る職人たち。

山に向かってしばらく行くと、稲穂の向こうに水田を取り巻いて畑が見える。なんとそこには、トマトやキュウリが植えられている様子。トマトは論外としても、水田と野菜畑の組み合わせが気になって宮内庁の方にそのことを言うと、今度はこんな答えが返ってきた。

あれはこの近所の方々に私どもがお貸ししているのです。

そうして場所を維持していただいております、この水田もそうです。

畑は昔はありませんでした。

そうでしょうね、とうなずけば、前を向いた宮内庁の方の横顔が優しく、心なしか微笑んでいるようにも見える。まあ、いろんな事情とかもあるのだろうな、民と共にあるのが天皇だとして、いまどき、その場を任された近所の人だってきっと、野菜くらいは作りたい。

しばらく歩いて山裾から道は上っていきなり高台の隣雲亭に着いた。京を取り巻く山々がどこまでも見渡せる場所。下に広がる黄金色の海と、高台にしつらえてある大きな池が見える。文字通り、雲の隣にある草庵と、龍が水を浴びる天空の浴龍池。こんな池があることなど下からは全くわからない。

聞けば山から流れてくる谷川を大きな石を積んで創ったそうだが、水をせき止めた石垣は見事に木々で多い隠されていて下からは見えない。広大な水田とは好対照の緑と水に溢れた庭園。庵のつくりもしっとりと、けれど明るく、どこか控え目な華やかささえ感じられる。ここまで来て初めて感じ取れるこの離宮の全体の意図あるいはヴィジョン、そこに込められた想い。それを実現するための空間構成と具体的な手立て。

全てを眺望する隣雲亭は、六畳と三畳の、合わせてたった九畳の二つの開放的な部屋と、北側に向けて設けられた洗詩台（なんと美しい名前）と名付けられた四畳の板間だけからなる、上皇のための建築としては極限的なまでに質素な、けれど、だからこそ自由にすべての風や光景を自然に感じ取れる、目障りなものの一切を排した庵。

そこに漂う美意識。地上の水と天空の水、二つの水の間で人は生きる。民の命を養うのは稲、心を育むのは歌。稲と詩心、人を生かす二つの糧。

稲作を広め、神話を表す古事記、歴史を表す日本書記を創り、それに先立って民と共にあり民を統べる存在としての天皇の美意識を表す万葉集を編み始めた遥かな時の彼方の奈良の都、天下国家を統べるための仕組みとしての律令制を導入した奈良の治世者たち、それらのすべての象徴である、天と地を行き交う現人神（あらひとがみ）としての天皇の役割と矜持と覚悟と雅、そんな天皇としての美意識（ヴィジョン）の具現としての修学院離宮。

上皇は少し下方に見える池に舟を浮かべて遊んだりもしたらしい。下からは見えない天空の池を配した天界での天上の人としての遊び。下界の様子は下界にいれば、あるいは天界から見ればわかる。けれど天界の様子はその存在を知る者にしかわからない。流れた汗のことさえ忘れてしまう宙空に浮かんでいるかのような隣雲亭にいて、広大な水田を配した修学院離宮の空間に身を置いてひしひしと感じるのは、天皇とは何か、民とは何かということを、律令の始まりの奈良の都の時代にまで心を通わせて思い巡らせたに違いない上皇の想い、もしくは意志。

楓橋と名付けられた、沢にかけられた簡素な小さな木の橋を渡れば、池の中に浮かぶ小島の上。そこにしつらえられた四方に開かれた水や緑や吹き来る風と共に時を過ごせる窮邃亭（きゅうすいてい）。

そこからもう一つの島が見える。がしかし、すぐに目に入ったのはそこに架けられた奇妙な橋。目を疑ったのは、その橋の脚が不相応なまでに太く、それが無骨な石を組んだ石垣になっていたことだ。庭の意匠からすれば池に浮かぶ島の見立てはもちろん蓬莱山。海の彼方の不老不死の楽園、極楽浄土にあるという島に行くのに、船ならまだしも石造りの橋を渡るとは……

この浴龍池と名付けられた人工の池は、その存在を隠すかのように、水を堰き止めた石垣をわざわざ緑で覆い、背後の山の緑に連ねて隠すというしつらえがしてあったはず。細心の注意をはらってつくったこの修学院離宮という大空間の中心に、この場所に込めた上皇の想いを無視するかのような、いかにも目障りな無粋極まる橋の姿。あれはいったいなんですか？　と思わず声をあげて聞いてしまった。

あれは御維新の時に明治政府が建設した橋です。

もともとはもちろん、ありませんでした。

なんと野蛮なことを、こんなものさっさと壊せばいいのにと思ったが、薩長をはじめとする戦好きの国粋主義者とも外国かぶれともつかぬままに国の中枢に居座った馬鹿どもが明治天皇のために造ったものだからかどうか、その名も千歳橋などという見苦しい橋を、宮内庁が後生大事に保存しているという、その過度な奥ゆかしさ、あるいは遠慮のようなものをかいま見たような気がして悲しかった。

出口に向かうそこからの帰り道、もう説明することもないからか、ばらけて歩く人たちとは離れて、寄り添って歩いてくれた宮内庁の方が、こう見えても私共も、なにかと大変なんですよ、予算のこととかもありますしね、と、にこやかに微笑みながら、前を向いてポツリと言った。

考えてみれば、スペインのラ・アランブラにも、レコンキスタを成し遂げたスペインの王がつくらせた無骨な宮殿がある。けれど詩人のガルシア・ロルカはそれに対して、そんな異物を内に抱いてもなお泰然として佇むラ・アランブラ、と言った。確かに、後世の若者たちがつくったおもちゃのような橋など、時を超えて存在し続ける修学院離宮という壮大でたおやかな空間にとっては、歴史がつけてしまったかすり傷のようなものでしかないかもしれない、とも思った。

修学院離宮を離れた後、陽が暮れる前から、友と二人で円山公園の茶屋でビールを飲んだ。汗を出し切ってしまったせいか、普段はあまり酒を飲まない友が、大きなジョッキでビールを三杯も飲んだ。あの会話はおもろかったと、顔をくずして満面の笑顔で何度も言った。

聞けば後水尾上皇というのは、戦乱の世を制し大権現を名乗り始めた家康が、神代の時代から続く天皇の存在を疎（うと）み、かといってその権威を無視することもできず、その権威をおとしめるべく、また自分がその上位にあることを示すべく、なにかと嫌がらせを連発したことに対して気分を害して、天皇の地位を娘に譲位するという、ややもすれば後継者をなくして天皇制が崩壊しかねないという危機まで演出して抗した天皇だったとのこと。身を引いて上皇となって院政を敷いたが、どうやら修学院離宮は上皇になった翌年から創り始めたらしい。

武力と財力にものをいわせた、うたかたの権力だけで民を統べることができると思うとは、なんと小賢しくも愚かな思い上がりよ、と上皇が言ったかどうかはともかく、修学院離宮には明らかに、治世とは、あるいは天皇の孤高とはそんなものではないことを示す意志が横溢している。

日本の四季の恵みと稲作による恵み、そして血塗られた戦の末の縄文と弥生の民の和の象徴としての天皇、そのことを音声言語である日本語の音と大陸由来の漢字とを融合させた万葉集とその最初の歌に表した奈良の時代の先祖たちの創意を受け継ぐ自分の想いを、修学院離宮の大空間創造のたおやかなヴィジョンに映し、それをシンプルな構成と繊細極まるディテールによって実現した後水尾上皇。友と飲み交わしながら、暗くなり始めた空の向こうに、そんな上皇の横顔をチラリと見たような気がした。

京都にはほかにも銀閣寺のような、たった二層の建築で天と地、命と魂を同時に表現した、建築というものの魅力と可能性を極限にまで凝縮した空間もあるが、あれは足利義政という、鎌倉、室町と続いた武家の時代、幕府という武力統治の長としての将軍が、自らの権力ではもはや世を抑えられなくなって隠居し、耽美にふける場所として創ったもの。

生命感あふれる池と触れ合うようにして設けられた一階の板間から、曲がり階段を通って二階に上った途端、開かれた窓から見えるのは周囲の緑のみ、まるで宙空に吸い上げられたかのような浮遊感。幽玄漂う満月の夜にそこから下の池を眺めれば、水面に揺らいで映る天空にあるはずの月。

建築の妙技を駆使した銀閣寺はそれはそれで見事だが、しかしそれは修学院離宮とは異なる種類の美。

笑顔を肴に飲みながら、そんなことなどを友と話し、やがて辺りが暗くなり、そして、またいつか一緒にどこかに行こうな、そう言って、満面の笑顔を浮かべて手を振る友と別れた。

第14話

一瞬と永遠（アリョーシャの魂に捧ぐ）

若いからこそできることとできないことがある。もちろん、歳をとったからこそできることもなくはない、けれど歳をとってできないことはいろいろとある。そんなに多くのことをやろうとは、思わないけれど。

語り絵師ミハエルは若かった頃、多くのやりたいことやできるかもしれないことのなかで生きてきた。けれど六十を過ぎて、もうすぐ七十に手が届く歳になった最近では、やり残したこと、生きているうちにやらなくてはと、なんとなく思うことができればと、そんなことを思いながら生きている、というのは少し言い過ぎかもしれない。もう少し正確に言うとすれば、自分にできても不思議ではないと思えること、それができたら、そこそこ生きたからもういいと、そう思えるようなことと、なんとなくいつも向かい合いながら生きているような気がする。

遠い遠い昔、ミハエルは、凍てついたロシアの大地にしがみついて生きる民草（ナロード）たちの村々を回る、小さなどさ回りの雑技団とも田舎劇団ともつかない一座の一員だった。というより、物心がついた時にはすでにそこにいて、それがミハエルの世界だった。ただ、いろんな場所を渡り歩いていたので、ミハエルは世界がたくさんあることを幼い頃から知っていた。自分たちの世界とそうではない世界。まったく違うようでいて、似たところもたくさんある異なる世界。違う顔つきやいろんな服装、いろんな景色や屋根の下で暮らし、ほんの少しづつ微妙に違う言葉を話す、ほんの少しづつ異なる世界で生きる人たち。食べるものだって少しづつ違う。けれどどこでも美味しいものは美味しい。

ミハエルは小さい頃から音楽が好きだった。一座では面白い話をする人や、掛け合いのお芝居をする人や、綺麗なダンスをするお姉さんなどがいたけれど、人気があったのはなんといっても三人組の音楽隊だった。

音楽隊といっても楽器を演奏するのは二人で、もう一人は綺麗な声のお姉さんが二人の演奏に合わせて歌を唄う。けれど最初は、お姉さんが小さな声で物語のような詩を暗唱する。最初はゆっくり。始まりは声も小さいので、それまで騒いでいたお客さんたちがだんだん静かになって、みんなが耳を傾け始める。するとお姉さんの透き通った声がだんだん大きくなり、スピードも速くなって、綺麗な声が響き渡って、そして急に声が止む。

一瞬あたりがシーンとなったかと思うと、その瞬間を待っていたかのように楽器の演奏が始まり、お姉さんがそれに合わせて、ゆらゆらと体を揺らせて歌を唄う。それでみんなウットリとする。

だからミハエルは小さい頃から音楽隊が持っていた小さなバラライカを手にして、見よう見まねで音を出して遊んだ。音楽隊のおじさんに教えてもらって、そこそこ弾けるようになり、いつの間にか楽隊の演奏に加えてもらえるようになった。歌も覚えてお姉さんと声を合わせたりもするようになった。

お客さんを前にしてジャンジャンジャンとバラライカの乾いた音を響かせるのは楽しくて気持ちが良かった。だって小さなミハエルが歌うと、みんなが喜んでくれた。なかには踊り出す人だっていた。お姉さんの笑顔が嬉しかった。そんな時には、自分たちの世界も外の世界もなかった。自分たちがいて、いろんな人たちがいて、みんな一人ひとりの、そして同じ人間同士だったんだと、今になってみれば思う。そこでは喜びと哀しみがその区別を忘れて混ざり合っていた。それらは人の魂が魂であるための表と裏。だからあの時、人々は天幕の下で顔を崩して笑い、そして涙を流したのだと思う。

あれから何年もの、何十年もの時が流れた。もうすぐ青年になろうとする頃、ミハエルは一座を離れて外の世界に出た。つまり一座の人たちを捨てた。少し体が不自由だったお父さんも、優しかった一座の人たちも、みんな……

どうしてそんなことをしたのかは今となってはわからない。理由があったような、なかったような。死んだと思っていたけれど、もしかしたら生きているかもしれないということを知らされた美しいお母さんのことや、育ててくれたお父さんのほかに本当のお父さんがいるようだということなど、外の世界に出るそれなりの理由のようなものはあったのだろうけれど、でもそれよりも、外の世界にもしかしたらあるかもしれない何かに、自分の目と体で触れて見たくなったということだったかもしれない。どちらにしても、愛してくれた人たちや、自分にとっては故郷というほかない一座を捨てたことは事実。それは若気の勇気？　あるいはそうして一座で生きていくことに不安を覚えたから？　それとも裏切り？

どちらにしてもそのことは、そのあとミハエルの心身の奥深くに沈み込んで、そのまま心身の一部となってしまった一つの悔恨。

それからいくつもの冬が来て、そしていくつもの春が来た。数えきれない出来事があり、数えきれない人々との出会い、そして別れがあった。さらにもう一つ、捨てた故郷のことと同じようにミハエルの心身の一部となって、消えることない悔恨がもう一つ。それはミハエルが二十歳になったばかりのことだった。

それは虐げられ、強奪され、あるいは野の草のように誰の目にも留まることなく踏みにじられるだけだった民草のために立ち上がり、圧政者たちに叛乱を起こし、そして捕らえられた一人の英雄、ミハエルも実際に会って感銘を受けたことがある人の公開裁判が行われることになった時のこと。

裁判は形式だけで、当然のことながらすぐに極刑とされ、その場で処刑されるだろうと誰もが思っていたけれど、なぜかその裁判の英雄の弁護人に若いミハエルが指名された。どうして年端もいかない自分が指名されることになったのかはわからない。ただ、それも形式だけのことで、何を言ったところで判決が侵略者たちによって行われる以上、処刑を免れるのは不可能だと思えた。それには自分のような若造の方が都合がいいと思ったのかもしれない。

ただ、英雄が話すことは認められてはいなかったけれど、弁護の機会が与えられた以上、弁護人である自分が、英雄が成したことを讃美することは少なくともできる、罪に問われるようなことなど何もしていないのだと理路整然と訴えることも、強引に論述することだってできる。英雄に代わって圧政者たちを、おざなりの裁判を行うような偽善者たちを、さらには冷血な非道の輩たちを非難することも、集まった民草や止むを得ず圧政者の手先になっている人々の情に訴えるべく、静かに英雄の、どんな時でもどんな人に対しても人の心を持って対し、打ち破った敵にさえ情けをかけ、食料を強奪することなど決してしなかった英雄の心根を、その人間的な優しさを話して同情を誘うことだって、できなくはないかもしれない。その全てを心を込めて語ることだって、全身全霊をもってすればできたかもしれない。ほかにもいろんなことが考えられた。それらがミハエルの心身の内で激しく渦を巻いた。少なくとも、あの人の素晴らしさだけは伝えなければ……

しかし裁判の前夜、想像もしなかったことが起きた。裁判で英雄を詰問し公開処刑に追い込む立場の審問官、民草から冷血無比の恐怖の粛清者と呼ばれ、これまで無数の民を粛清してきた男がミハエルを訪ねてきてこんなことを言い出したのだ。

君も知っているように、反逆罪の罪に問われたものが受ける罰は断首、だから幾多の反逆者を見せしめのために公衆の面前で処刑してきた。しかし明朝の裁判では、私は彼の恩赦を主張しようと思う。恩赦とはつまり、公開での断首を免れて終身の流刑になるということだ。

もちろん君は君の思うように弁護すればいい、それが君が公（おおやけ）に与えられた役目だ。けれども彼の罪を問う立場にある私は最終的に恩赦を主張する。誓ってもいいが嘘ではない。そうすればもちろん、それが公開裁判の結論になる。そのことをあらかじめ伝えるために、わざわざ君に会いにここにきた。さあどうするかね。それより軽い刑などあり得ないなかで私に対して反論を行うべき立場の君が、私に対して極刑を主張するというのもね……

それはミハエルの心の内の渦の中のどこにもなかった奇妙な流れだった。もちろん、たとえ恩赦になって処刑を免れたところで、極寒の地に流刑になれば命がいつまでもつかはわからない。それでなくとも、そうして減刑をしたように見せかけて、しばらくたって人々が英雄のことを忘れた頃に、何らかの理由をつけて処刑する、というのが奴らの常套手段だ。

もしかしたら、この裁判のことを聞きつけて、奴らの予想をはるかに上回る民草がすでに集まってきたからかもしれない。もしその群衆を前に処刑が強行されれば、もしかしたら暴動が起きるかもしれない。しかし奴らはあらかじめ強力な軍団を背後に用意している。もしそんなことになれば大惨事が起きる。そんなことは誰だって知っている。しかし粛々と処刑が行われれば、英雄は英雄として永遠に語り継がれる存在になる。彼の人柄と彼がなしたことを考えれば、そして最後の姿を目に焼きつけるために集まってきた民草の多さを考えれば、当然そうなる。だからなのか……

さらに激しい無数の渦がミハエルの心の内で互いにぶつかり合うようにして渦巻いた。

けれど結局、ミハエルは夜が明けるのを待たずに公開裁判が行われる村を出た。逃げるようにして村を離れた。つまり自らに与えられた役目と英雄を捨てて逃げた。

故郷を捨てて外の世界に出たけれど、そこで自分が得たものは、結局、恥ずかしさでしかなかったのか。そんな思いがミハエルを責めた。けれど、それすら振り切るようにミハエルは、無数の外の世界のそのさらに向こう、そこにはもう何もないように感じる世界の外に向かって走った。

すべてを捨てて、すべてから逃れて。ただ、今になって思えば、あの時自分が捨てたものは、もしかしたら私という自分の存在そのものだったのかもしれないとも、ふと思う。英雄のために熱弁を振るう私、群衆を感動させる私、英雄を英雄にする私、涙を誘う私、英雄が感謝の眼差しで見てくれるかもしれない私、もしかしたら奇跡を起こすかもしれない私、役目と同時に、そんな無数の私を捨ててしまいたかったのかもしれないとも思う。それとも単に自分に自信がなかっただけなのか？

それにあの時、もし裁判の舞台に立てば、恩赦がたとえ審問官によって為されたものでしかなかったとしても、それでも時が経てば、英雄が恩赦を受けて減刑されたという結果だけが残る。そして経緯はどうであれ、そのことにあの若者が何らかの働きをしたに違いないという噂だって残るかもしれない。もしかしたらそれが嫌だったのか、それとも渦の嵐の中で我を忘れて、ただ逃げ出しただけだったのか、もしかしたらそれもまた一つの若者ならではの勇気だったのか、どうか……？

あれから四十年以上もの歳月が流れた。ミハエルは流れ流れて、結局、木から転がり落ちて川に流れた木の実が見知らぬ河辺に流れ着くようにして、この小さな村に流れ着いた。そこで民から少し離れて、草花のそばで息を吸い息を吐き、それを何万回も、何百万回も繰返して村はずれで暮らし、そこで少しずつ、物語を語り、言葉を書き留め、絵を描く人となって生きた。

今では村人たちも子どもたちもミハエルのことを語り絵師と呼ぶ。時々庵を訪れた人に、その人の顔を見て思いついたお話をミハエルが語り聴かせるからだ。気が向けば子どもたちに向かってバラライカを弾いて歌を唄うこともある。だって人にとって大切なのは一瞬の喜びだから。

それと、ミハエルは毎日少しづつ、自分が見てきたことを、出会った人、その人の口から発せられた言葉などを書き留める。それはミハエルにとっては子どもたちに語り聞かせるのとは別の、ミハエルの心に触れた人や言葉や出来事の向こうに確かにあるように見える無数の永遠を書き遺す仕事。だって人にとっての永遠は記憶や言葉の中にあるから。

それと絵。ミハエルにとって絵もまた二種類ある。一つは、絵を描いてほしいと言ってくれた村人や子どものために書く絵。もう一つは、民草が混じり合ったような、あるいは無数の永遠が溶け合ったような、これから描く絵。

村人のために描く絵は、その人が身につけたり、家のどこかに飾ったり、恋人にあげたり、荷車につけたりする、その人のための絵。その人が描いてほしいと思うような、あるいは喜ぶような、あげたときに描いてもらってよかったという表情を見せてくれるような絵。

もう一つの絵は、ミハエルがこれから描こうとしているような絵。ミハエルは近いうちに、村人たちが力を合わせてつくった石造りの、村人たちが集うための家の壁に、フレスコ画を描く。不思議なことにフレスコ画は、漆喰が乾く前に素早く描き上げなければならないけれど、いったんそうして描かれれば、一瞬のうちに描かれたものなのに、千年先まで色も鮮やかなままでのこる。それは一瞬と永遠の融合。だから失敗は許されない。失敗するようなら描いてはいけない。だって、それはその家とともに、百年はおろか千年も、村人たちの想いや存在や、あるいは遠い遥かな願いと共に、それをいつもいつも語りかけるような、あるいは誰かが見てくれるのをいつまでも待つような、そんな描かれるべき絵、あらゆる人々の魂を映す絵。

そこではミハエルは、すべてを捨てなくてはならない、あるいはすべてを受け入れなくてはならない。そこでは絵筆は、息を吸うように、そして息を吐くようにして進めなければならない。淀むことなく、急ぐことなく、そこに現れるべき確かさ(ヴィジョン)を、永遠の命のように絵に宿さなくてはならない。そのことを、ゆったりと静かに呼吸をするように、そして少し生き急ぐようにして素早く、一つの絵として描き遺さなくてはならない。
もしも自分にあの二つの負い目が、悔恨がなかったら、このような自分にはなっていなかったかもしれない。ミハエルはふと、いつもよりほんの少し大きく息を吸い込みながら、そう想った。

リンゴの花の香りがした。また春が来た。

第15話　二〇二〇年、夏

長く続いた梅雨の後、突然にやってきた暑い夏の朝に、いつものように公園を通って仕事場に向かう。見上げると木の葉が風に揺らいでいた。右に、左に、風にまかせて揺れる。そうして風に揺れながら木の葉は何を思っているのか、とふと想った。

木や木の葉に私たち人間と同じような想いや言葉があるとは思わないけれど、ただ木の葉にも、彼らにしかわからない言葉のようなものがあったとしても不思議ではない。

いつも同じように見えていたとしても、木は季節を越えていつの間にか大きくなる。秋になれば木の葉の色が変わる。やがて地面に落ちて大地に還る。葉を落とした木の幹と枝は根とともに冬をやり過ごして、春を待つ。

人間には見えなくても、木々は命あるものとして刻々とその姿を変えている。時と共に、風の冷たさや春の光の暖かさなどと共に生きている、だから、葉を落とす時、あるいは準備した木の芽が膨らもうとする時、きっと木々たちの言葉で何かを感じ何かを想う、ような気がする。

幼い頃から本を読むのが好きだった。荒野の灰色狼の話。一個のパンを盗んで投獄されて、それから波乱万丈の人生を歩んだ男の物語。海底を旅する物語。白い大きなクジラを追い続ける船長の話。どれも面白かった。それらはみんな幼い心をときめかせた不思議な物語。

もっと幼い頃、祖父が布団の中で語り聞かせてくれるお侍の話が大好きだった。今でも祖父の顔が目に浮かぶ、祖父が心のなかで生き還る。祖父が語り聞かせてくれた話を一つひとつ覚えているわけではないけれど、淡い光が灯る暗い部屋の中で語られたいくつもの話が混ざり合った、ほんのり暖かな呼吸のような気配が蘇る。

物語の中ではあらゆるものが主人公になりうる。狼も虫も木々も。そこではあらゆるものがなくてはならないものとして物語の時空を生きる。

なんとなく坐ったベンチから立ち上がって再び歩き始めた。行く手に池が見える。水の上に浮かぶ二羽の鴨が並んでゆっくりと進む。ほんの少し水面が割れて光が揺らぐ。なぜか北に向かう旅に参加しなかった二羽の鴨が池に浮かんでいる。

毎年旅立たない鴨がいるのは不思議だ。そうして夏を越せる鴨もいるのに、ほとんどの鴨たちが季節を選んで遥か彼方に向けて律儀に旅立つのはもっと不思議だ。小さな体で空を渡る。命を燃やして飛び続ける。それにしても鴨たちは出発の瞬間をどうやって決めるのか、どんな言葉で旅立つ意志を確かめ合うのか？

月と星しか見えない闇夜を渡りながらどんな会話を交わすのか、果てしなく上下させ続ける自らの羽音をどんな思いで聞くのか、目的地に着いたことをどうやって知るのか、新たに生まれて群に加わった鴨もいるだろうに……

渡り鳥たちと同じように、魚である鮭たちもまた海を渡り川を上る。川の上流で孵化して川を下った鮭たちは、何年かを海で過ごしたのち、再び生まれた川に戻ってくる。果てしなく広がる海の中を泳ぎ回っていた鮭が、正確に生まれた川に戻ってくるのは不思議だ。

鮭たちは、嗅覚を頼りに生まれた川に戻るのだと聞いたことがある。二年後に戻って来る鮭もあれば、五年経ってから故郷に帰る鮭もあるらしい。それにしても、一匹いっぴきの鮭が、それぞれの帰還の時を何をきっかけに知るのか？　何もかもが混ざり合った海の水の中から、どうやって故郷の川の匂いを感じとるのか？

無数の匂いが入り混じった海を泳ぎながら、故郷の匂いが多く混じった川の河口近くを通り過ぎる時に鮭が感じ取る目が覚めるような何か、その時に、もしかしたらあるかもしれない鮭たちが一斉に交わす水の中の秘密の会話。

いずれにせよ鮭たちは、ある瞬間に季節(とき)を知って群れをなして川を上る。故郷を同じくする鮭たちがいつしか寄り集まって川を上る。川を上り始めた鮭たちは一気に自らが生まれた故郷を目指す。

生まれたばかりの鮭の稚魚たちは、すぐに川を下って海へと流れていったはずなのに、それでも故郷の川の水のことをいつまでも覚えていて、そしてその記憶を一瞬のうちに呼び覚ます。そして一瞬の決心あるいは覚悟とともに川を上り始める。そこで命を終えるための、たった一度の記憶の蘇生。大切なのはつまり一瞬。

それにしても、どんなに嬉しいだろう、川を上るにつれて少しづつ故郷に近づいていることを感じ取るのは。開けた口の中に刻一刻と故郷の匂いが増してくるのは……

さらに上るにつれて濃くなる故郷の匂い、体じゅうに漲る歓喜の予感。さらに上へさらに上へ。やがて開けた口いっぱいに故郷の匂いの粒子が満ちる。その時に鮭たちが発する歓喜。それはきっと言葉をはるかに超えた命の歌。そこにはもう自分と自分を取り巻く水との境などない、それらが一体となって奏でる歓喜の歌。自分の中から水の中から、遥かな記憶の中から、まだ見ぬ未来の彼方から、それらの命をめぐる全てが溶け合って鮭たちを包む。

川を上る魚たちの群れ
北を目指す鳥たちの群れ

むかしつくった歌のフレーズが蘇る。魚や鳥たちのことはともかく、人間は、それではどこに行くのか、というより、どこに行けるのか？

二〇二〇年、すでに混迷の極致に達していた人間社会を新型コロナウイルスによるパンデミックが襲った。地球上の全てが連動し大都市に人間が集中する拝金グローバル社会の盲点を突くように、地球上のあらゆる場所や、そこに生きる生物を丸ごと人間社会のメカニズムのうちに取り込んでしまった傲慢さや、化石燃料を燃やし続けた人間総体の愚かさを暴くかのように、新型コロナウイルスによるパンデミックが襲った。

たしか三十年も前にＷＨＯの誰かが、二〇二〇年頃に世界をパンデミックが襲い、世界各地で洪水が多発するだろうと警告していたのに、それでも人類はその通りの危機に直面してしまった。ウイルスに国境などあるはずもなく北半球も南半球も夏も冬もなくウイルスが人間の体に取り付き、とりわけ感染を優雅に避けるすべを持たない弱者に過酷な打撃を与える。

しかもアフリカで発生したイナゴの大群が、これまでは渡ったことのない海を、仲間の屍をジャンプ台にしてユーラシア大陸に渡りインドや中国にまで達した。集団自滅とも起死回生の大脱走（エクソダス）ともつかない、植物を根絶やしにし続ける集団移動の凄まじさ。そんなことがなぜ起きるのか？　加えて大洪水が世界中で発生した。

超大国アメリカでは、一人のアフリカ系アメリカ人が、片手をズボンのポケットに入れたままの警官に膝で首を踏みつけられて殺された。若い頃に、答えは友よ風の中に、風に吹かれて風の中に、と歌ったボブ・ディランがすぐに、最も醜悪な殺人というタイトルの、ケネディ大統領暗殺を歌った十七分ものシングルを発表した。それはディランの初めての全米ナンバーワンシングルとなった。ウイルス感染者数が五百万人にも上ろうとするアメリカで、黒人の命だって大切なんだ、と記したプラカードを掲げたデモが、ウイルスが猛威を振るう全米各地で続く。

感染者があらゆるところで増大し、あるいは一瞬の沈静化の後再び増加する中で、台湾やニュージーランドのような小さな国が、果敢にウイルスと闘い沈静化させてくれているのは一つの希望。人々が寄り集まって笑いながら屋台でご飯を食べる。大観衆の声援のなかでラグビーの試合が行われる。それこそが人間の暮らし。

けれどそんな中、ベイルートで大爆発が起き、一瞬にして街を瓦礫に変えた。旧約聖書の時代、ソロモン王の宮殿建設のための上質の杉材を提供した長い長い歴史を持つ国、紀元前から地中海交易で栄え豊かな文化を築いた海に面したレバノン、人口が六百万人程度の国の首都で、多くの命や三十万人もの人々の住まいが失われた。被害は首都の半分にまで及んだ。それはまるで巨大な爆弾が落とされたかのよう。

そして八月六日、それよりもさらに悲惨な、人類がつくりだした極悪兵器、原子爆弾が落とされてから七十五年が経った日に広島で慰霊祭が行われた。二人の少女と少年が平和への誓いのメッセージを暗唱する姿がテレビに映し出される。続いてテレビの画面に今度はベイルートの崩れ落ちた街と人々の姿が映る。政府が腐敗し特権階級が富を独占して国が機能不全に陥り、インフレで苦しみながらも隣国のシリアから百万人もの難民を受け入れているレバノンの人々を襲った新型コロナウイルスと大爆発。

救援活動も負傷者の手当てもままならず、食料を受け入れる港を失ったベイルート。私たちは人間なのにと涙を流す人がいる。終末の時がきたのかとさえ思ってしまう状況の中で、それでも、私たちレバノン人は幾多の絶望的な苦難を乗り越えてきた、だから、この試練も乗り越えるんだと、静かに語る女性の姿もあった。

そんなことを思い出しながら歩く公園の外れの道端に、小さな黄色い花が咲いていた。名前も知らない小さな花。小さな草が光を受けて空に向かって花を咲かせる。名前があろうとなかろうと花は花。けれど人は、花であれ虫であれ、あらゆるものに名前をつけてきた。誰が何のためにそうしてきたのかはわからない。そんなこととは無縁に、小さな草が花を咲かす。風を受けて微かに揺れる。黄色い花が光を揺らして虫を呼ぶ。

この花はウイルスのこともヒロシマのこともレバノンのことも知らないかもしれない。でも、風のことは知っている。大地のことも空のことも光のことも水のことも重力のことも季節のことも知っている。風は地球上のすべての風とつながっている。水も大地も空も、みんなつながっている。つまりこの小さな花は地球のことを知っている。おそらくは人間よりもずっと。そして明日があることを当たり前のように信じている、というより、そうして天に向かって花を咲かせることが、それが生きることだと知っている。

花のように謳(うた)うことはできるだろうか?
鳥のように闇夜を突いて進むことはできるだろうか。
風のようにあらゆるものと触れ合うことはできるだろうか。
月のように光を映すことはできるだろうか。

そして、人として人間を愛し続けることはできるだろうか。物語の中で、あらゆる命と語り合うことはできるだろうか。そんな物語を新たにつくることはできるだろうか？　それができてもできなくても、大切なのはだから、夜が来たら眠ること、夢を見ること、そして朝になったら起きて、その日を人として生きること、たぶん。

カバー絵：IBIZA © ESTEBAN SANZ, 1973

たにぐち えりや

詩人、ヴィジョンアーキテクト。石川県加賀市出身、横浜国立大学工学部建築学科卒。中学時代から詩と哲学と絵画と建築とロックミュージックに強い関心を抱く。1976年にスペインに移住。バルセロナとイビサ島に居住し多くの文化人たちと親交を深める。帰国後ヴィジョンアーキテクトとしてエポックメイキングな建築空間創造や、ヴィジョナリープロジェクト創造&ディレクションを行うとともに、言語空間創造として多数の著書を執筆。音羽信という名のシンガーソングライターでもある。主な著書に『画集ギュスターヴ・ドレ』（講談社）、『1900年の女神たち』（小学館）、『ドレの神曲』『ドレの旧約聖書』『ドレの失楽園』『ドレのドン・キホーテ』『ドレの昔話』（以上、宝島社）、『鳥たちの夜』『鏡の向こうのつづれ織り』『空間構想事始』（以上、エスプレ）、『イビサ島のネコ』『天才たちのスペイン』『旧約聖書の世界』『視覚表現史に革命を起こした天才ゴヤの版画集1～4集』『愛歌（音羽信）』『随想奥の細道』『リカルド・ボフィル作品と思想』『理念から未来像へ』『異説ガルガンチュア物語』『いまここで』『メモリア少年時代』（以上、未知谷）など。翻訳書に『プラテーロと私抄』（ファン・ラモン・ヒメネス著、未知谷）。主な建築空間創造に《東京銀座資生堂ビル》《ラゾーナ川崎プラザ》《レストラン ikra》《軽井沢の家》などがある。

島(しま)へ

2020年9月15日初版印刷
2020年10月5日初版発行

著者　谷口江里也
発行者　飯島徹
発行所　未知谷
東京都千代田区神田猿楽町 2 丁目 5-9　〒 101-0064
Tel. 03-5281-3751 / Fax. 03-5281-3752
［振替］ 00130-4-653627

組版　柏木薫
印刷所　ディグ
製本所　牧製本

Publisher Michitani Co, Ltd., Tokyo
Printed in Japan
ISBN 978-4-89642-620-5　C0095

谷口江里也の仕事

イビサ島のネコ

既存の価値観にすり寄っては生きられない。青年は、スペインへ、イビサ島に移住した。誰もがそこを自分のための場所だと思える、地中海に浮かぶ楽園。島ごと世界遺産の自由都市イビサで、ネコたちが噂する奇妙な人々の実話。28篇。

240頁2400円

いまここで

「一つひとつの確かさ」とでも名づけたいような本書は一年間通勤の途次に撮った写真と心に浮かんだ言葉です。始めてみて驚いたのは毎日目に映るものがゆっくりと、あるいは突然変わることでした（「あとがき」より）。127葉の写真と言葉。

フルカラー136頁1600円

メモリア少年時代

はるかな少年時代……、そこここに点在するたくさんの記憶。今から思えば、どれもが素晴らしかった瞬間。蓄積された記憶こそ、現在の自分自身。この感動こそ、かけがえのない道標べ——。喜びを共有できる24篇。

160頁1600円